오
디
세
이
아

일러두기

- 이 책은 Homer, 『*The Odyssey*』(Project Gutenberg, 1999)를 참고했습니다.

Odysseia

오디세이아

호메로스 지음

호메로스

호메로스 흉상. 기원전 2세기경 그리스 원본 작품을 복제한 로마 시대 작품.

「호메로스와 그의 안내인 Homer and His Guide」

프랑스 화가 윌리앙 아돌프 부그로의 1874년 작품. 크레타 섬에 있는 이다 산 위에서 양치기 글라우코스의 길안내를 받는 호메로스를 그렸다. 호메로스는 흔히 눈먼 시인으로 알려져 있지만, 그의 정체에 대해서는 의견이 분분하다. 심지어 남자가 아니라 여자며, 한 사람이 아니라 여러 사람이라는 주장까지 있다.

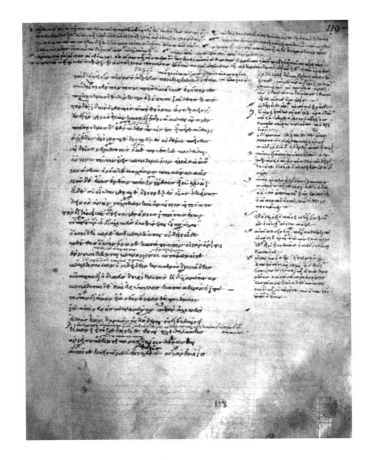

호메로스 작품의 11세기 필사본

이 필사본 위쪽과 오른쪽 여백에는 '스콜리아(Scholia)'가 잔뜩 달려 있다. 스콜리아는 오늘날의 주석(註釋)에 해당한다. 호메로스의 작품들은 처음 문자로 기록될 때부터 이런 주석들이 덧붙었다. 깊이 있는 연구와 학습이 이루어질 만큼 가치 있는 작품으로 여겨진 동시에, 여러 가지 해석이 난무하여 화제와 논란의 중심이 된 작품이었음을 알 수 있다.

『오디세이아』 15세기 필사본

기원전 6세기에 아테네의 참주(僭主: 쿠데타로 정권을 잡은 지도자) 페이시스트라토스는 호메로스 편집 위원회를 구성해 『오디세이아』를 비롯한 모든 호메로스 작품을 모아 완벽한 정본(定本)을 만들고자 했다. 현재 일부가 남아 있는 가장 오래된 『오디세이아』 파피루스 필사본은 기원전 3세기의 것이고, 온전히 전 작품이 실린 가장 오래된 필사본은 10~11세기 것이다.

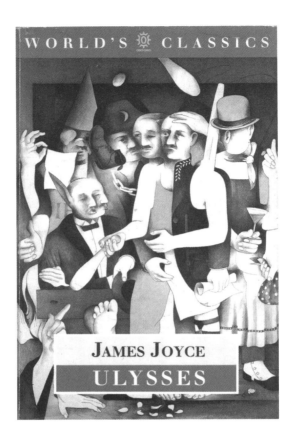

소설 『율리시스Ulysses』

『오디세이아』는 현대에 이르기까지 여러 분야에 걸쳐 많은 영향을 끼쳤는데, 가장 대표적인 예가 아일랜드 작가 제임스 조이스가 1922년에 쓴 소설 『율리시스』다. '율리시스'는 로마 신화에서 오디세우스를 일컫는 이름이다. 전체 3부 18장으로 이루어진 이 소설은 『오디세이아』의 이야기를 본떠 각 장 제목으로 삼았다. 예컨대 '제1장 탑: 텔레마코스 이야기' '제2장 달키의 초등학교: 네스토르 이야기' '제3장 샌디마운트 해변: 프로테우스 이야기' '제4장 이클레스가 7번지: 칼립소 이야기' 등으로 되어 있고, 마지막은 '제18장 침실: 페넬로페 이야기'로 끝난다.

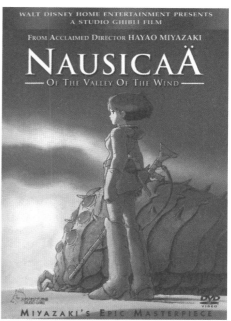

영화「2001: 스페이스 오디세이2001: A Space Odyssey」와 애니메이션「바람계곡의 나우시카風の谷のナウシカ」

스탠리 큐브릭 감독이 1968년 제작한 SF영화「2001: 스페이스 오디세이」에는 우주선의 모든 것을 감시하고 조종하는 인공지능 HAL이 등장한다. 이 인공지능은 『오디세이아』에서 오디세우스가 눈을 멀게 만든 난폭한 외눈박이 거인 폴리페모스를 연상시킨다.「바람계곡의 나우시카」는 미야자키 하야오 감독이 1982년부터 1994년까지 만든 만화 작품으로, 1984년 애니메이션 영화로도 제작되었다. 이 작품 속 주인공의 이름 '나우시카'는 『오디세이아』에서 난파한 오디세우스를 구해주는 나우시카아 공주에게서 따 왔다.

오디세이아 차례

텔레마코스, 항해의 길을 떠나다

트로이 전쟁이 끝나자 전쟁에서 살아남은 영웅들은 모두 고향으로 돌아갔다. 하지만 오디세우스만은 집으로 돌아가는 도중 배가 난파되어 고향 이타카로 돌아가지 못하고 낯선 곳을 떠돌며 죽느냐 사느냐의 기로를 헤맸다.

오디세우스가 다스리던 이타카 사람들은 모두 오디세우스가 돌아오지 못하리라 믿었다. 그가 트로이 정복 길에 나선 지가 벌써 20년 가까이 되지 않았는가! 남들이 무사히 귀환한 지도 벌써 10년 가까이 되지 않았는가? 그가 죽은 것이 틀림없다고 믿었다.

그러나 오디세우스의 아름다운 부인 페넬로페만은 그가 무사히 돌아오리라고 굳게 믿었다. 100명도 넘는 남자들이 그녀에게 청혼하며 유혹했지만 그녀는 꿋꿋이 절개를 지켰다. 그러나 결코 쉬운 일이 아니었다. 청혼자들은 그녀의 궁전에 머물면서 먹고 마셨다. 그리고 자신들 중 한 명을 골라 결혼을 하라고 페넬로페를 위협했다. 그녀의 남편이 되면 저절로 이타카 왕이 될 수 있기 때문이었다.

그들은 궁전에서 먹고 마시면서 오디세우스의 재산을 모두 거덜 냈다. 페넬로페는 경제적으로 어려움에 처할 수밖에 없었다. 게다가 시어머니도 죽고 시아버지 라에르테스마저 시골 농장으로 내려가버려서 아무도 그녀를 도울 수 없었다. 그러자 청혼자들이 더욱 강하게 그녀를 밀어붙였다. 더 이상 피할 도리가 없었다. 그러나 그녀는 오디세우스가 죽었다는 확실한 증거가 없는 한 그들을 받아들일 수 없었다. 남편이 살아 있을지 모르는데 어떻게 새 남편을 맞아들일 수 있단 말인가! 그녀는 꾀를 냈다. 자신을 괴롭히는 남자들에게 그녀는 이렇게 말했다.

"여러분 모두 제 말을 들어보세요. 저도 그이가 죽었다는 걸 잘 알아요. 이제 여러분 중 한 사람을 택해야 하는 것이 제 운명이라는 것도 잘 알아요. 하지만 시간을 주세요. 시아버지 수의를 짤 시간을 주세요. 그분께 죽음의 사자가 찾아왔을 때 수의도 못 입힌 채 땅에 묻는다면 제가 얼마나 부끄럽겠습니까."

청혼자들은 동의할 수밖에 없었다. 그녀는 낮에는 그들이 보는 가운데 열심히 수의를 짰다. 하지만 밤에는 등잔불 아래서 수의를 풀었다. 때문에 수의는 결코 완성되지 않았다. 그렇게 그녀는 3년을 버틸 수 있었다. 그러나 시녀 한 명이 그녀를 배반하고 그 비밀을 청혼자들에게 고자질했다. 이제야말로 더 버틸 방법이 없었다. 이 무렵 오디세우스와 페넬로페의 아들 텔레마코스는 열일곱 살의 건장한 청년으로 성장했다. 그렇지만 이 난국을 혼자 힘으로 헤쳐 나가기에 그는 아직 너무 어렸다. 막다른 궁지에 내몰린 이 두 사람의 운명은 앞으로 과연 어떻게 될까!

올림포스 신전에서 신들이 모여 회의를 열었다. 오디세우스를 특별히 좋아하는 아테나 여신이 제우스에게 말했다.

"크로노스의 아드님이시며 우리의 아버지이신 제우스 님! 당신께서 죄 지은 인간을 심판하여 파멸로 이끄시는 것을 저는 잘 알고 있답니다. 그렇다면 저 오디세우스는 도대체 무슨 죄를 지은 건가요? 왜 그가 사랑하는 가족 품으로 돌아가지 못한 채 저렇게 바다 위를 떠돌며 고생하게 만드시는 건가요? 왜 오기기아 섬의 칼립소에게 붙잡혀 꼼짝 못하게 하시는 건가요?"

제우스가 화를 버럭 내며 말했다.

"내 딸아, 도대체 무슨 말을 하고 있는 거냐? 어째서 내가 오디세우스를 잊었다고 하는 거냐! 그는 뛰어난 지혜를 가진 데다, 신들에게 제물 바치는 일을 한 번도 게을리 한 적이 없었다. 내가 그를 위험에 빠뜨린 줄 아느냐? 그를 저렇게 고생시키는 건 내가 아니다. 바다의 신 포세이돈이 분노를 풀지 않아서다. 너도 잘 알고 있지? 그는 언제나 그리스인의 후원자였다. 그런데 오디세우스가 포세이돈의 아들인 외눈박이 거인 폴리페모스의 눈을 멀게 하고 말았지. 포세이돈은 오디세우스를 죽일 생각까지는 없다. 다만 고향땅에서 멀리 떠돌며 죽도록 고생하게 만들 작정이지. 풍랑을 일으켜 오디세우스를 오기기아 섬으로 보낸 건 바로 포세이돈이야."

그러고는 모든 신들에게 말했다.

"자, 우리 모두 지혜를 모아 그를 무사히 고향으로 돌려보낼 방법을 궁리해봅시다. 그러면 포세이돈도 포기하겠지. 그 혼자 우리 모두와 맞서는 짓은 하지 않을 테니!"

그러자 아테나가 말했다.

"아, 자비로우신 아버지! 그를 구해주시겠다니! 그렇다면 헤르메스를 칼립소에게 보내세요. 오디세우스를 무사히 귀향시키겠다고 우리가 결정했다는 사실을 알려줘야 해요. 그래야 칼립소가 오디세우스를 보내줄 거예요. 우선 제가 이타카로 가서 오디세우스의 아들 텔레마코스를 만나보겠습니다. 그 아이에게 청혼자들에게 맞설 용기를 주고, 아버지 소식을 알아보게 만들겠어요. 아버지가 살아 있다는 걸 알아야 용기를 낼 수 있잖아요."

아테나 여신은 지체하지 않고 올림포스 꼭대기에서 내려와 오디세우스의 집 앞에 이르렀다. 여신은 멘토르의 모습으로 변신하고 텔레마코스를 만났다. 텔레마코스는 당장이라도 아버지가 나타나 온 집 안에서 이 청혼자들을 쫓아버리길 간절히 바라고 있었다.

텔레마코스는 웬 낯선 사람이 문 앞에 서 있는 것을 보고 집 안으로 맞아들였다. 아버지를 잊지 않고 찾아온 손님일지 모른다는 생각에서였다. 그는 손님에게 누구시며 어떻게 해서 찾아오시게 되었느냐고 물었다. 그러자 멘토르의 모습을 한 아테나는, 조상 대대로 알고 지내는 집안사람으로서 오디세우스가 벌써 집에 돌아와 있는 줄 알고 찾아왔다고 말했다. 이어서 여신이 말했다.

"아마 그대의 아버지는 신들의 방해로 아직 돌아오지 못하는 것 같네. 내 장담하는데 고귀한 그대의 아버지 오디세우스는 아직 살아 있어. 내가 분명히 신들의 목소리를 들었네."

텔레마코스는 아버지의 옛 친구를 만나 아버지의 이야기를 들으니 감정이 북받쳐 올라 눈물을 흘렸다. 그리고 매일 집으로 찾아와 먹고 마시며 재산을 거덜 내고 있는 청혼자들을 향한 분노를 쏟아냈다. 그러자 멘토르로 변신한 아테나가 그를 격려했다.

"아, 오디세우스가 지금 문 앞에 와 있다면 얼마나 좋을까! 저자들을 한 주먹에 날려버릴 수 있을 텐데. 하지만 오디세우스가 무사히 돌아와서 저자들에게 복수하느냐 않느냐 하는 것은 오로지 신의 뜻에 달려 있다네. 지금은 자네 스스로 저자들을 어떻게 이 집에서 쫓아낼 수 있는지 그 방법을 궁리해야 할 때야. 자, 이제부터 내 말을 명심해서 듣게.

내일 부족의 영웅들을 소집해 회의를 열게. 그리고 청혼자들에게 더 이상 어머니를 괴롭히지 말고 각자 고향으로 떠나라고 명령하게. 그것이 신들의 뜻이라고 분명히 전해. 그런 후 자네는 20명 정도가 탈 수 있는 배를 한 척 준비하게. 아버지 소식을 알아보러 떠나라는 이야기야. 제일 먼저 필로스로 가서 원로 중의 원로 네스토르를 만나게. 그런 후 스파르타로 메넬라오스를 찾아가게. 그가 트로이 원정대 중 제일 늦게 돌아왔으니 가장 최근 소식을 정확히 알고 있을 거야.

만일 자네 아버지가 살아서 무사히 귀향길에 올랐다는 소식을 듣는다면 자네는 아무리 어려운 일이라도 꾹 참고 1년을 더 기다려야 해. 하지만 아버지가 돌아가셨다는 소식을 듣는다면 성대하게 장례를 치러드리는 수밖에 없네. 그럴 경우 어머니가 훌륭한 새 남편을 맞을 수 있도록 도와야 할 거야.

그러나 그 어떤 경우건 저 사악한 청혼자 무리들만은 없애버려야만 해. 자네는 이제 어린아이가 아니야. 그러니 어떻게 하면 저자들을 제거할 수 있을지 스스로 머리를 짜내보도록 하게."

이야기를 마치자 멘토르 모습을 한 아테나는 그의 곁을 떠났다. 아테나의 이야기를 들은 텔레마코스는 갑자기 눈앞이 밝아진 것 같았다. 그리고 이전에는 없던 용기까지 샘솟는 것을 느꼈다. 자신이 이전과 달라졌다는 사실을 알고 텔레마코스는 깜짝 놀랐다. '저분은 신이 아닐까? 어떻게 내 앞길을 이렇게 환히 밝혀주시는 걸까?' 하고 그는 속으로 생각했다.

텔레마코스는 다음 날 부족 회의를 소집했다. 원로들이 회의장으로 모였고 이타카 사람들도 모였다. 물론 청혼자들도 그

자리에 있었다. 사람들이 모두 모이자 그가 말했다.

"저는 더없이 훌륭하신 아버지를 잃었습니다. 아버지는 여러분의 자애로운 왕이셨지요. 그것만으로도 슬픈데 저는 이제 더이상 견디기 어려운 어려움을 겪고 있습니다. 어머니께서 그리 싫어하시는 데도 수많은 청혼자들이 매일 집에 찾아와 집적거리고 있으니. 그뿐이 아닙니다. 저들은 매일 가축을 잡아 잔치를 벌이고 포도주를 마셔대면서 우리 재산을 축내고있습니다."

이어서 그는 청혼자들을 향해 말했다.

"간청하는데 제발 당신들 집으로 돌아가십시오. 이 고통을 저 홀로 견디며 이겨낼 수 있도록 해주십시오!"

말을 마치고 그는 하염없이 눈물을 흘렸다. 사람들도 그의 눈물에 감동하여 함께 눈물을 흘렸다. 100명이 넘는 청혼자들 중 그 누구도 감히 그의 말을 반박하지 못했다. 그때 청혼자 중에서 가장 뻔뻔스러운 안티노오스가 일어나서 말했다.

"텔레마코스, 어찌 모든 잘못을 우리에게 돌린단 말인가! 잘못은 바로 그대 어머니 페넬로페에게 있는 것 아닌가! 엉뚱한 꾀를 내어 우리를 속였기에 우리가 몇 년이고 여기 머물면서 먹고 마실 수밖에 없었던 것 아닌가! 지금이라도 그녀가 우리 중 한 명과 결혼을 한다면 우리는 곧바로 우리 집으로 돌아갈 것이네.”

　안티노오스가 구실을 만들어주자 청혼자들 사이에 갑론을박이 벌어졌다. 오디세우스가 살아서 돌아올지 모르니 이만 물러서자는 자들도 있었고, 페넬로페가 배우자를 결정하기 전까지는 한 발자국도 움직일 수 없다는 자들도 있었다. 그러자 텔레마코스가 말했다.

　“좋습니다. 여러분 마음대로 하십시오. 결국 신들이 모든 것을 결정해주실 것이니! 하지만 한 가지 부탁이 있습니다. 전 지금부터 여행을 떠나려 합니다. 아버지가 무사히 귀향길에 나섰는지 아니면 돌아가셨는지 정확한 소식을 듣기 위해 필로스를 거쳐 스파르타로 갈 작정입니다. 여기 모인 분들 중 누가 제게 배 한 척과 함께 떠날 20명의 동료를 마련해줄 분 없습니까?”

　그러자 안티노오스만큼이나 뻔뻔하고 대담한 레오크리스토스가 일어나서 말했다.

　“무슨 정신 나간 소리를 하고 있는 건가! 설사 오디세우스가 살아서 돌아온들 달라질 게 뭐가 있다고! 그대 어머니 페넬로페도 절대로 반가워할 일이 아니야. 결국은 우리와 싸운 끝에 수치스러운 죽음을 맞게 될 텐데! 자, 이만 모두들 흩어집시다. 텔레마코스, 그대는 항해를 떠나든지 말든지 마음대로 하게. 혹 그대 아버지의 옛 친구들이 도와줄지도 모르지. 하지만 내 장담하는데 그대는 결코 길을 떠나지 못할 걸세! 아무도 도와줄 사람이 없을 거야."

말을 마친 그는 이타카 사람들을 향해 눈을 부라렸다. 그 모습을 본 이타카인들은 각자 흩어져 자기 집으로 돌아갔고 청혼자들은 평소처럼 오디세우스의 집으로 몰려갔다.

홀로 남은 텔레마코스는 외딴 바닷가로 갔다. 그리고 무릎을 꿇고 아테나 여신에게 기도했다.

"아테나 여신님, 제 기도를 들어주십시오. 저는 당신께서 어제 변신하여 우리 집에 오셨던 것을 이미 알고 있습니다. 여신님께서는 아버지 소식을 듣기 위해 여행을 하라고 제게 명령하셨지요. 하지만 사람들은 모두 제게 등을 돌렸습니다. 게다가 어머니의 청혼자들이 방해하고 있습니다."

그러자 멘토르의 모습을 한 아테나가 나타나서 말했다.

"텔레마코스, 기운을 내게! 자네 혈관에 아버지의 피가 흐르고 있지 않은가? 어리석은 청혼자들 같으니라고! 단 하루 만에 몰살당할 자신들의 운명을 모르는 채 저렇게 날뛰고 있다니! 자네는 무사히 여행을 할 수 있을 것이네. 내가 배를 마련하겠네. 그리고 자네와 동행하겠네. 나는 자네 아버지의 오랜 친구가 아닌가? 자네는 내게 남이 아니라네. 그러니 어서 돌아가서 여행 중에 먹을 음식과 술을 준비하도록 하게!"

집으로 돌아온 텔레마코스를 보고 청혼자들은 마구 비웃고 조롱했다. 함께 먹고 마시며 즐기자는 자도 있었고, 여행을 떠났다가 아버지의 운명을 뒤따르게 될 것이라고 비웃는 자도 있었다. 심지어 어디 구원대를 데리고 와서 우리를 한번 죽여보라고 말하는 자도 있었다. 텔레마코스는 그들의 말을 모두 무시했다. 그는 아버지가 무사히 귀환할 때를 대비해 굳게 잠가 놓았던 비밀 창고로 내려갔다. 그는 그곳을 지키고 있던 늙은 시녀를 은밀히 불러 사정을 말했다. 그리고 모든 것을 어머니에게는 비밀로 해달라고 신신당부했다. 늙은 시녀는 항아리에 포도주를 채우고 가죽 부대에 식량을 담았다.

한편 텔레마코스의 모습으로 변신한 아테나 여신은 열심히 시내를 돌아다녔다. 그러면서 만나는 남자들마다 저녁에 항구로 오라고 명령했다. 그런 다음 여신은 노에몬을 만나 그의 배를 빌렸다. 이윽고 모든 준비가 끝나자 아테나 여신은 멘토르로 변신한 후 오디세우스의 집으로 갔다. 여신은 청혼자들에게 잠을 쏟아 부었다. 정신없이 잠에 취한 청혼자들은 모두 허겁

지껍 각자의 잠자리를 찾아 오디세우스의 집을 나가버렸다. 그러자 아테나 여신이 텔레마코스에게 말했다.

"자, 건장한 동료들이 벌써 배 안에 앉아 노를 잡고 그대를 기다리고 있네. 저자들 눈에 띄기 전에 어서 서두르세."

그들은 서둘러 바닷가로 갔다. 두 사람이 배에 다다르자 동료들이 돛을 높이 올렸다. 이윽고 노를 저으며 배가 출발하자 그들은 모든 신들에게, 그중에서도 빛나는 눈의 여신 아테나에게 술을 바쳤다. 배는 어둠을 뚫고 바닷길을 헤치며 앞으로 나아갔다. 아테나 여신이 불러온 순풍 덕분에 배는 미끄러지듯 재빠르게 먼바다를 향해 나아갈 수 있었다.

텔레마코스, 아버지의 소식을 듣다

배는 밤새도록 항해를 계속했다. 태양의 신 헬리오스가 천지 만물에게 빛을 뿌릴 때쯤, 배는 필로스에 도착했다. 마침 바닷가에서는 바다의 신 포세이돈에게 제물을 바치는 의식을 올리고 있었다. 텔레마코스 일행은 그곳에 배를 대고 내렸다. 멘토르로 변신한 아테나가 텔레마코스에게 말했다.

"자, 지체 말고 필로스 왕 네스토르를 찾아가세. 그가 숨김없이 모든 걸 말해줄 걸세. 더없이 현명한 사람이니 자네가 어떻게 해야 할지 계책도 일러줄 거야."

그러자 텔레마코스가 주저하며 말했다.

"멘토르 아저씨, 그에게 어떤 식으로 말을 걸어야 합니까? 이런 경우가 처음이라 정말 모르겠어요. 젊은이가 노인에게 먼저 말을 건넬 때 어떻게 해야 하는지 배운 적이 없습니다."

그러자 아테나가 약간은 꾸짖는 듯이 답했다.

"텔레마코스, 무엇을 그리 망설이는가! 자네 마음이 시키는 대로 하면 돼! 게다가 자네는 신이 보호해줄 거야. 자네가 무슨 말을 해야 할지 신이 도와줄 거니 망설이지 말고 나서게."

아테나는 텔레마코스에게 용기가 필요할 때 용기를 불어넣어준 것이다.

그들은 곧장 필로스 사람들의 집회장으로 갔다. 그곳에는 네스토르 왕을 중심으로 그의 아들들이 앉아 있었다. 그들은 모두 아테나와 텔레마코스를 환대했다. 아테나와 텔레마코스는 그들과 함께 포세이돈에게 술과 고기를 바치며 기도한 후 식사를 했다. 식사가 끝나자 네스토르가 먼저 입을 열었다.

"그대들은 누구인가? 어떻게 이곳까지 오게 된 건가?"

그러자 텔레마코스가 씩씩하게 말했다. 텔레마코스 자신도 어떻게 그런 용기가 생겨났는지 알 수 없었다.

"이름 높으신 네스토르 님! 솔직히 말씀드리겠습니다. 우리는 이타카에서 왔습니다. 저는 아버지 오디세우스의 소식이 궁금해서 길을 떠나온 참입니다. 저는 아버지께서 여러분과 함께 트로이 성을 함락했다는 소식을 들었습니다. 또한 그리스로 돌아오지 못한 장군들이 어떻게 죽음의 신에게 불려갔는지도 잘 알고 있습니다. 하지만 아버지께서 어떻게 죽음을 맞이하셨는지는 아무도 제게 알려주지 않았습니다. 아, 제우스 신께서는 어째서 아버지의 죽음을 암흑 속에 묻어두시는 걸까요!

존경하는 네스토르 님. 애원합니다. 제발 아버지께서 어떻게 돌아가셨는지 말씀해주십시오. 아니면 아버지께서 어딘가 떠돌고 있다는 이야기를 듣지는 않으셨는지요. 제발 보고 겪으신 그대로 제게 말씀해주시길 간청합니다. 아무리 힘든 이야기라도 저는 견뎌낼 준비가 되어 있습니다.”

텔레마코스의 이야기를 들은 네스토르는 놀란 듯 눈이 휘둥그레졌다. 그리고 곧 옛일을 생각하며 두 눈을 감았다. 잠시 후 그가 입을 열었다.

“자네를 보니 저 기나긴 10년간의 트로이 전쟁 장면들이 생생하게 되살아나는군! 하지만 어찌 그 이야기를 다 해줄 수 있겠나? 자네가 내 곁에 몇 년을 머문다 할지라도 다 하기는 불가능할 거야.

하지만 이것만은 확실하게 말할 수 있네. 우리는 모두 참으로 용감했다네. 그렇지만 자네 아버지와 지혜를 겨루려 한 사람은 아무도 없었어. 그만큼 지혜가 뛰어난 사람이었지. 그런데 지금 자네 이야기를 듣고 있자니 그가 다시 돌아온 것만 같네. 그의 아들이 아니라면 어떤 젊은이가 이처럼 말을 조리 있게 할 수 있겠는가! 아! 자네 아버지와 나는 언제나 마음이 잘 맞았는데……. 자네를 보니 새삼 자네 아버지가 그리워지는 걸 어쩔 수가 없네!"

늙은 네스토르 왕은 잠시 숨을 고르더니 이어서 말했다.

"전쟁이 끝난 후 우리는 모두 뿔뿔이 헤어졌다네."

그런 후 그는 전쟁이 끝난 뒤 아가멤논과 메넬라오스 형제가 다툰 이야기, 어떻게 해서 오디세우스가 그들 곁을 떠나가게 되었는가 하는 이야기, 자신이 그리스로 돌아오면서 겪은 이야기 등을 들려주었다. 그러나 그리스 장군들 중 누가 살아 돌아왔고 누가 죽었는가에 대해서는 텔레마코스가 이미 알고 있는 것 이상은 들은 것이 없다고 말했다.

네스토르는 텔레마코스에게 아버지가 살았건 죽었건 용기를 내라고 격려한 후 이렇게 말했다.

"자네 집에 오만하기 짝이 없는 자들이 눌러 앉아 어머니를 괴롭히고 있다는 소식은 나도 들었네. 자네 재물을 그런 자들 손아귀에 맡긴 채 너무 오래 떠돌아다니지는 말게. 하루라도

빨리 돌아가서 그자들을 응징해야지. 자네는 자네 아버지 못지
않은 지략을 지녔고 체격도 당당하니 용기를 내게. 자네 아버
지를 그 누구보다 아끼고 사랑하시는 아테나 여신께서 자네를
도와주시리라고 나는 믿네. 신께서 자네를 돌봐주실 건데 무엇
을 겁낸단 말인가!

하지만 그 전에 메넬라오스는 꼭 한 번 찾아가보도록 하게.
그가 가장 최근에 돌아온 사람이니 하는 말일세. 그가 혹시 자
네 아버지 소식을 알 수도 있으니 날이 밝으면 찾아가보게. 메
넬라오스가 있는 라케다이몬으로 가려면 배로 가는 것보다는
마차로 가는 게 편할 거야. 내가 마차와 말을 내주지. 그리고 내
아들이 그대와 함께 동행하면서 길 안내를 해줄 거야. 그러니
오늘은 두 사람 모두 이곳에서 편히 쉬도록 하게.”

그러자 멘토르로 변신한 아테나가 말했다.

“어르신 말씀이 모두 옳습니다. 하지만 저는 따로 할 일이 있
습니다. 저를 믿고 따라온 저 젊은 동료들 곁을 떠나 혼자 편히
잘 수 없으니 텔레마코스만 데리고 가서 편안한 잠자리를 마련
해주십시오.”

말을 마친 아테나 여신은 마치 바다 독수리처럼 하늘로 날아
오르더니 순식간에 사라져버렸다. 모두들 눈이 휘둥그레졌고

네스토르도 놀라지 않을 수 없었다. 그는 텔레마코스의 두 손을 잡고 말했다.

"이보게, 자네는 틀림없이 훌륭한 영웅이 될 거야. 그러니 아직 소년인 자네 곁에 신께서 함께하고 계신 것 아닌가! 저분은 분명 아테나 여신이시네. 아테나 여신께서는 언제나 자네 아버지를 보호하며 명예를 드높여주셨지. 그와 마찬가지로 아테나 여신께서는 자네를 보호하고 자네 명예를 지켜주실 거네!"

텔레마코스는 네스토르 왕의 성에서 환대를 받으며 하룻밤을 지냈다. 이윽고 새벽이 되자 미리 대기하고 있던 마차에 올랐다. 네스토르의 아들 페이시스트라토스도 길 안내를 위해 함께 마차에 올랐다. 페이시스트라토스가 채찍질을 하자 말들이 힘차게 질주하기 시작했다.

하루를 네돈 강가의 파라이에서 보낸 그들은 열심히 말을 몰아 이틀 후 스파르타의 라케다이몬에 도착했다. 바로 메넬라오스 왕이 다스리고 있는 도시였다. 그들은 곧장 메넬라오스의 궁으로 마차를 몰았다.

낯선 나그네 두 사람이 와 있다는 전갈을 들은 메넬라오스는 그들을 맞아들이라고 말했다. 시종의 안내를 받아 메넬라오스의 궁에 들어온 두 사람은 궁이 너무나 으리으리하고 화려한 것에 놀랄 수밖에 없었다. 시녀들의 안내에 따라 목욕을 마친 그들은 메넬라오스 옆에 놓인 의자에 앉았다. 메넬라오스가 나 그네들에게 말했다.

"어디서 온 이들인지는 우선 식사를 한 다음에 묻기로 하지요. 자, 우선 식사부터 합시다."

식사를 하면서 텔레마코스가 목소리를 낮추어 귓속말로 네스토르의 아들에게 속삭였다.

"정말 으리으리한 궁전이죠? 홀에 청동이며 황금이 그득하네요. 게다가 호박과 은과 상아가 여기저기 번쩍거리는 걸 보니 올림포스의 제우스 신 궁전에 온 것 같지 않아요?"

작은 목소리로 속삭였지만 메넬라오스에게도 그 말이 들렸다. 메넬라오스가 말했다.

"무슨 그런 말씀을 하시오. 인간의 것을 신의 것과 비교하다니! 그리고 댁들 눈에는 내가 호사를 누리는 것처럼 보일지 몰라도 내 마음은 조금도 즐겁지 않소. 아! 내 재산 중 3분의 2를 떼어내는 한이 있더라도 그 머나먼 트로이에서 죽은 내 친구들이 살아 돌아올 수 있다면 좋으련만! 하지만 내 자주 슬픔에 젖다가도 곧 마음을 추스른다오. 이 슬픔은 오직 나의 슬픔일 뿐, 다른 이들은 함께하지 못하니까.

그렇지만 딱 한 사람, 나를 결코 억누를 수 없는 슬픔에 젖게 하는 사람이 있소. 그만 생각하면 나는 잠도 음식도 다 잊어버리게 되지요. 바로 저 지혜로운 오디세우스 말이오. 하, 우리 중 그 누가 오디세우스만큼 고난을 겪었을까! 더욱이 그의 생사조차 모르고 있는 형편이니! 그의 정숙한 아내 페넬로페와 갓난아기였던 텔레마코스는 얼마나 큰 슬픔에 젖어 있을지!"

메넬라오스의 입에서 뜻밖에 아버지의 이름이 나오자 텔레마코스의 눈에서는 자신도 모르게 눈물이 흘렀다. 그는 황급히 두 손으로 겉옷을 들어 올려 눈물을 감추었다.

메넬라오스가 그 모습을 보고 놀랐다. 이 젊은이가 오디세우스의 아들일지 모른다는 생각이 들었지만 단도직입적으로 캐물어야 할지 그가 직접 말할 때까지 기다려야 할지 망설였다. 바로 그때 그의 아름다운 부인 헬레네가 안으로 들어와 메넬라오스의 옆에 앉았다. 그녀가 메넬라오스에게 말했다.

"당신은 곁에 있는 이들이 누구인지 아직 모르나요? 내 생각을 말해볼까요? 아! 말하지 않고는 못 배기겠어요. 그래요, 나는 이렇게 닮은 얼굴을 본 적이 없어요. 여기 있는 이 젊은이는 오디세우스 그를 너무나 빼닮았어요. 그의 아들이 틀림없어요. 그가 전쟁터로 나갈 때 갓난아기였던 텔레마코스가 분명해요!"

그러자 메넬라오스가 대답했다.

　"여보, 나도 그 생각을 하고 있던 참이오. 저 손발을 봐. 눈빛과 머리칼은 또 어떻고. 더욱이 오디세우스 이야기를 듣더니 저렇게 눈물 흘리잖아."

　그러자 네스토르의 아들 페이시스트라토스가 대답했다.

　"아트레우스의 아들 메넬라오스 님! 당신 말씀이 맞습니다. 이 사람이 바로 오디세우스의 아들 텔레마코스입니다. 그는 당신이 도움을 줄 수 있으리라 믿고 이렇게 찾아온 것이랍니다. 지금 그의 주변에는 그를 도와줄 사람이 아무도 없습니다."

　그러자 메넬라오스가 말했다.

　"오, 자네가 정말 오디세우스의 아들 텔레마코스 맞는가! 그와 내가 함께 무사히 귀향했다면 우리는 얼마나 다정하게 지내고 있을지! 그런데 우리를 시기한 어떤 신 한 분이 그를 불행에 빠뜨렸지! 아, 그는 어째서 우리 곁으로, 저 자랑스러운 아들 곁으로 돌아오지 못하는 것인지!"

　메넬라오스의 그 말에 모두들 슬픔에 잠겨 눈물을 흘렸다. 아름다운 헬레네도 울었고 텔레마코스도 울었으며 아트레우스의 아들 메넬라오스도 울었다. 그리고 페이시스트라토스 역시 전쟁에서 죽어간 동생 안틸리코스를 생각하며 울었다.

그들이 너무 슬퍼하자 주인인 메넬라오스가 말했다.

"자, 모두 슬픔을 거두고 우선은 배를 채우도록 하세. 이야기는 내일 나누어도 되니까."

메넬라오스가 그런 이야기를 하는 사이 헬레네는 그들이 마시고 있는 포도주에 몰래 약을 넣었다. 고통과 분노를 달래주고 모든 불행을 잊게 해주는 약이었다. 그들 중 누구도 그 약의 도움이 없이는 슬픔으로부터 빠져나올 수 없었기 때문이었다. 그 약 덕분에 그들은 겨우 마음을 추스르고 배불리 먹은 후 잠자리에 들 수 있었다.

이튿날 텔레마코스 일행을 다시 만난 메넬라오스가 텔레마코스에게 물었다.

"자, 자네는 내게 무슨 도움을 받기 위해 이 먼 곳까지 온 것인가? 주저하지 말고 말해보게."

그러자 텔레마코스가 네스토르를 만났을 때 했던 이야기를 그대로 했다.

"메넬라오스 님! 저는 혹시 당신에게서 아버지 소식을 들을 수 있을까 해서 이곳에 온 것입니다. 저 오만하기 짝이 없는 청혼자들 때문에 우리 집 재산은 이미 결딴 날 지경입니다. 이렇게 당신 무릎을 잡고 간청합니다. 제발 말씀해주십시오. 아버지의 최후를 혹시 직접 보셨는지요? 아니면 그분이 살아서 어딘가 떠돌고 있다는 소식이라도 들으셨는지요?"

그러자 메넬라오스가 대답했다.

"그 비겁한 자들이 감히 용맹스러운 오디세우스의 잠자리를 탐내다니! 오디세우스가 돌아오는 날, 분노에 찬 사자 앞에서 벌벌 떠는 양 같은 신세가 될 줄 모르고! 자, 이제부터 내가 겪은 일, 들은 이야기를 하나도 빼놓지 않고 자네에게 말해주겠네. 들어보게."

그런 후 메넬라오스는 자신이 돌아오면서 어떤 위험에 처했으며, 어떻게 하여 위험에서 벗어날 수 있었는지를 상세하게 텔레마코스에게 들려주었다. 위험에 빠졌을 때 그는 변신의 신이자 바다의 신인 프로테우스의 도움으로 위기에서 벗어났다. 그때 메넬라오스는 프로테우스에게 동료들의 소식을 물었다. 그러자 프로테우스는 모든 동료들의 소식을 전해주면서 단 한 사람만이 넓은 바다 한가운데 붙들린 채 빠져나오지 못하고 있다고 말해주었다. 메넬라오스가 거듭 그 사람의 이름을 묻자 프로테우스는 이렇게 분명히 답했다.

"그는 이타카의 라에르테스의 아들이다. 그는 죽지 않고 살아 있어. 바다 한가운데 섬에 갇혀 있지. 그가 요정 칼립소의 궁전에서 눈물 흘리고 있는 모습을 내가 똑똑히 보았다. 칼립소가 그를 억지로 붙잡아두고 있기에 고향으로 갈 수 없는 것이다. 게다가 그에게는 배도 없고 노를 저어줄 동료들도 없어. 그러니 꼼짝할 도리가 없이 그곳에 갇혀 있는 것이다."

메넬라오스가 긴 이야기를 마치자 텔레마코스는 뛸 듯이 기뻐했다. 아버지가 살아 계시다니! 아, 그렇다면 아버지께서 신들의 도움으로 돌아오실 수도 있다는 말 아닌가! 이것이 설마 꿈은 아니겠지!

메넬라오스는 아버지 소식을 듣고 기뻐하는 텔레마코스가 마치 친아들 같았다. 텔레마코스에게 선물을 듬뿍 주고 가능한 한 오래 머물게 하고 싶었다. 텔레마코스도 아버지 같은 메넬라오스 곁에 오래 있고 싶었다. 하지만 필로스에서 동료들이 자신을 기다리고 있지 않은가! 그가 한시라도 빨리 돌아가겠다고 하자 메넬라오스는 아쉬워하며 이별의 잔치 준비를 하라고 명령했다. 그리고 값나가는 귀한 선물들을 아낌없이 주었다.

한편 페넬로페의 청혼자들은 오디세우스의 궁전 앞뜰에서 원반던지기와 창던지기를 하며 놀고 있었다. 그때 아테나 여신에게 배를 빌려주었던 노에몬이 안티노오스 곁으로 다가와 말했다.

"안티노오스, 텔레마코스가 도대체 언제 필로스에서 돌아올까요? 내가 배를 쓸 일이 있는데 그가 여태 돌아오지를 않으니."

그의 말을 듣고 안티노오스는 깜짝 놀랐다. 텔레마코스의 모습이 며칠 보이지 않았지만 필로스로 갔으리라고는 꿈에도 생각 않고 있었던 것이다. 그는 텔레마코스가 들판 어디에서 양 떼와 한가롭게 지내고 있으리라고 생각하고 있었다. 그는 경기를 중단시키고 모두 한자리로 불러 모았다. 그리고 분노에 찬 눈을 이글거리며 말했다.

"저 건방진 텔레마코스가 엄청난 짓을 저질렀소! 감히 필로스로 여행을 가다니! 어린아이인 주제에 우리 몰래 떠나버렸소. 게다가 노에몬의 말을 들으니, 힘센 장정들도 뽑아서 함께 갔다고 하오. 그냥 두었다가는 재앙이 될 게 너무나 뻔하오. 그를 죽여야 후환이 없을 것이오. 우리 이타카와 사모스 해협 사이에 매복해 있다가 그를 없앱시다."

그들은 모두 동의했다. 그리고 음모를 꾸미기 시작했다.

그들이 음모를 꾸미고 있는 사이 페넬로페는 무엇을 하고 있었을까?

그녀 역시 텔레마코스가 아버지 소식을 들으려고 길을 떠났다는 사실을 모르고 있었다. 청혼자들과 마찬가지로 들판에서 한가로이 시간을 보내거나 창던지기 연습을 하고 있는 줄 알았다. 그런데 전령 일을 맡고 있는 메돈이 그녀에게 와서 말했다. 청혼자들이 음모를 꾸미는 것을 몰래 엿들었던 것이다. 그가 말했다.

"왕비님, 그자들이 정말 무시무시한 음모를 꾸미고 있습니다. 텔레마코스 님이 돌아오는 길목에 매복했다가 죽이겠다고 했어요."

전령의 말을 듣고 페넬로페는 그 자리에 주저앉았다. 심장이 떨려 오고 무릎에서 힘이 빠져버렸다. 한참 동안 입도 열지 못하던 그녀가 겨우 진정하고 말했다.

"내 아들이 돌아오다니. 도대체 어디로 떠났다는 건가?"

그러자 전령이 말했다.

"오디세우스 님이 살아 계신지 돌아가셨는지 알아보려고 떠난 건 확실합니다. 하지만 어느 신께서 그런 용기를 심어주셨는지는 모르겠습니다."

전령이 말을 마치고 나가자 그녀는 그 자리에서 문턱에 쪼그리고 앉아 하염없이 울었다. 의자에 앉을 힘도 없었기 때문이었다. 궁 안에 있던 시녀들도 모두 그녀와 함께 울었다. 그러자 유모 에우리클레이아가 말했다.

"왕비님, 이렇게 슬퍼만 하시다가는 몸을 상하시겠어요. 어서 기운을 차리시고 제우스의 따님이신 아테나 여신께 기도하세요. 그분만이 사랑하는 아드님을 지켜주실 수 있을 테니까요."

페넬로페는 유모의 말대로 시녀들의 부축을 받아 이층 방으로 가서 사랑하는 아들을 저 사악한 청혼자들로부터 지켜달라고 아테나 여신에게 기도했다.

한편 청혼자들은 곧 배를 준비하고 20명의 사나운 장정들을 태운 채 이타카와 사모스 섬 중간에 있는 작은 섬으로 갔다. 그들은 그곳에 매복한 채 텔레마코스를 기다리고 있었다.

아, 이제 텔레마코스의 운명은 어떻게 될까! 아들이 이렇게 위험에 처해 있는데 과연 오디세우스는 어디에서 무엇을 하고 있는 것일까!

요정 칼립소

올림포스 산꼭대기에 신들이 제우스를 중심으로 모여 있었다. 아테나가 그들에게 말했다.

"아버지 제우스 님! 불멸의 축복을 받은 신들 여러분! 이제부터는 저 지상의 그 어떤 왕도 옳은 길로 인도하지 마세요. 고결한 마음씨를 갖지 못하게 하세요. 착한 왕이 되라고 하지 마세요. 반대로 괴팍하고 난폭한 왕이 되라고 하세요. 오디세우스가 그동안 얼마나 어질게 나라를 다스렸는지 아시잖아요? 그런데 그 나라 사람들은 하나같이 그를 새까맣게 잊어버렸습니다! 게다가 오디세우스는 섬에 갇혀 오도가도 못 하고, 그의 아들은 큰 위험 앞에 놓여 있기까지 합니다."

그러자 제우스가 말했다.

"사랑스러운 내 딸! 도대체 무슨 말을 하고 있는 거냐? 너는 이미 오디세우스가 무사히 고향으로 돌아가서 복수를 할 수 있도록 계획을 세우지 않았느냐? 오디세우스를 탈 없이 돌려보내겠다고 내 약속했다! 그러니 너는 아무 걱정 말고 텔레마코스만 잘 보호하여 데려가도록 해라."

그런 후 제우스는 사랑하는 아들 헤르메스에게 말했다.

"헤르메스, 너는 신들의 뜻을 인간 세상에 전하는 사자이니 가서 우리의 뜻을 칼립소에게 전해라. 우리가 오디세우스를 무사히 귀향시키겠다고 굳게 결심했다는 사실을!"

제우스의 명을 받은 헤르메스는 자신의 지팡이 카두세우스를 손에 들었다. 그 지팡이는 사람들의 눈을 바로 감기게 만들 수도 있고 자는 사람들을 깨울 수도 있었다. 그는 산맥을 넘고 바다로 뛰어들어 파도를 헤치며 요정 칼립소가 살고 있는 오기기아 섬으로 갔다. 섬에 도착하자 그는 곧장 칼립소의 동굴로 갔다.

칼립소는 자신의 동굴 안에서 노래를 부르며 황금 베틀 앞에 앉아 베를 짜고 있었다. 동굴 주변으로는 온갖 멋진 나무들이 울창하게 숲을 이루고 있었고 온갖 아름다운 새들이 고운 목청을 뽐내고 있었다. 또한 동굴 둘레로는 포도 덩굴들이 무성하게 자라고 있어 나무마다 탐스러운 포도송이가 주렁주렁 매달려 있었다. 그리고 더없이 맑은 네 줄기 샘물이 나란히 흐르고 있었으며, 그 모든 것들을 온갖 아름다운 꽃들이 만발한 부드러운 풀밭이 감싸고 있었다. 인간이 아닌 헤르메스조차 감탄이 절로 터져 나왔다. 신조차 감탄하게 만드는 칼립소의 섬! 인간이라면 이곳이야말로 천국이라고 했으리라!

헤르메스는 거듭 감탄하며 동굴 안으로 들어갔다. 칼립소는 단번에 그를 알아보았다. 그녀가 말했다.

"황금 지팡이를 지니신 헤르메스 님, 어쩐 일이신가요? 그렇게 한번 찾아오지도 않으시더니. 자 가까이 오세요. 반가운 분이 오셨으니 음식을 대접해드려야죠."

그녀는 신들의 음식인 암브로시아를 그득히 차리고 신들의 음료인 넥타르를 내놓았다. 헤르메스는 즐겁게 먹고 마신 후 말했다.

"나는 제우스 님의 명령으로 이곳에 왔소. 이제부터 제우스 님 말씀을 전할 테니 잘 듣고 따르도록 해요. 제우스 님께서는 저 트로이의 싸움이 끝나고 모두 고향으로 돌아갔는데 한 남자만 이곳에 갇혀 돌아가지 못하고 있다고 하셨소. 그러시면서 그를 가능한 한 빨리 돌려보내라고 명령하셨소. 이곳에서 죽는 건 그의 운명이 아니오. 그는 고향 땅으로 돌아가 가족들을 만나게 되어 있어요."

헤르메스의 말을 듣고 칼립소가 말했다.

"휴, 정말 무정하시네요, 당신네 남자 신들은! 어쩌면 질투심이 그리 강하실까요? 당신들은 헤아릴 수 없이 인간들과 사랑을 나누면서 한 여신이 한 인간을 남편으로 삼으려 하는 걸 방해하다니! 전에도 수없이 그러시더니 이번에도 또 질투를 하시는군요. 오디세우스를 죽음의 위험에서 구해주고 그를 사랑하게 된 건데……. 그에게 영원히 늙지도 않고 죽지도 않게 해주겠다고 끊임없이 말해놓았는데……. 하지만 어쩌겠어요. 제우스 님 명령이니 따르는 수밖에……."

그녀의 말을 듣고 안심한 헤르메스는 그곳을 떠났다.

헤르메스가 떠나자 칼립소는 곧바로 오디세우스를 찾아 나섰다. 그는 홀로 바닷가에 앉아 눈물을 흘리며 멀리 바다를 바라보고 있었다. 칼립소가 달콤한 말과 음식과 잠자리로 그를 유혹했지만 그는 고향을 그리워하며 눈물로 지새우고 있었다. 그를 본 칼립소가 말했다.

"불쌍한 남자! 이제 더 이상 고향을 그리워하며 슬퍼하지 말아요. 기꺼이 당신을 보내주겠어요. 자, 어서 뗏목을 만들어요. 내가 그 안에 먹을 것과 마실 것을 충분히 실어줄 테니 무사히 고향으로 돌아갈 수 있을 거예요."

칼립소의 말을 들은 오디세우스는 자신의 귀를 의심했다. 민을 수가 없었다. 그는 통명스럽게 말했다.

"여신님! 진짜 나를 보내줄 생각이 있는 겁니까? 이 거친 바다를 뗏목에만 의지해서 헤쳐 나가라니! 나에게 또 다른 재난을 안기려는 것 아닙니까?"

"그런 말 말아요. 내 비록 제우스 님 명령 때문에 당신을 떠나보내지만 결코 당신을 원망하지는 않아요. 아니, 오히려 당신을 위해서라면 무슨 일이든 하겠어요. 당신을 위하는 것이 곧 나를 위하는 것이니까요."

칼립소의 진심을 알게 된 오디세우스는 순순히 그녀의 뒤를 따랐다. 그녀는 그를 동굴로 데려가 이별의 식사를 했다. 암브로시아와 넥타르를 실컷 먹고 마신 후 그녀가 말했다. 다시 한번 그를 붙잡아두고 싶은 욕망이 일었기 때문이었다.

"아, 당신은 정말 고향으로 돌아가고 싶나요? 고향 땅에 닿기 전에 당신이 겪게 될 고난을 당신은 아나요? 그 고난을 겪느니 나와 이곳에 살면서 영원한 불사의 신이 되는 게 낫지 않겠어요? 당신 아내 페넬로페가 그렇게나 아름다운가요? 하지만 그녀는 결코 나보다 아름다울 수 없어요. 죽을 수밖에 없는 운명을 지닌 인간이 불멸의 신보다 어떻게 더 아름다울 수 있겠어요!"

오디세우스가 그녀에게 대답했다.

"존경하는 여신님, 페넬로페가 어떻게 당신과 얼굴과 몸매를 겨룰 수 있겠습니까? 내가 돌아가려는 건 그녀가 당신보다 아름답기 때문이 아닙니다. 고향으로 돌아가 남편과 아버지로서 의무를 다하기 위해서죠. 내 나라 사람들을 사랑하기 때문입니다. 또한 내 운명이 나를 고향으로 돌아가라고 명령하고 있기 때문이고요. 이제까지 한없이 많은 고생을 했는데 귀향길에 또 무슨 고난을 겪더라도 두려울 것 없습니다."

이윽고 해가 지고 어둠이 다가왔다. 오디세우스와 칼립소는 동굴 안쪽으로 들어가 나란히 침대에 누워 마지막 사랑을 나누었다.

이튿날 새벽이 되자 오디세우스와 여신은 옷을 입고 동굴을 나섰다. 칼립소는 오디세우스를 잘 마른 키 큰 나무들이 있는 곳으로 안내한 후 동굴로 돌아갔다. 오디세우스는 여신이 준 튼튼한 도끼로 나무를 찍어 넘기기 시작했다. 나흘간 열심히 일한 결과 드디어 뗏목이 완성되었다. 닷새째 되는 날, 드디어 오디세우스가 섬을 떠나는 이별의 순간이 다가왔다. 칼립소는 포도주와 물과 양식을 넉넉하게 뗏목에 실어주었다. 그리고 뗏목을 향해 부드러운 순풍을 불어주었다. 오디세우스는 바람에 돛을 펼치고 바다를 향해 나아가기 시작했다.

그때 대지를 흔드는 통치자이자 바다의 신인 포세이돈이 마침 높은 산에 올라가 있었다. 그는 멀리서 오디세우스가 뗏목을 타고 바다를 항해하는 모습을 보았다. 그는 불같이 노했다. 그리고 다짐했다.

"흥, 제우스랑 신들이 오디세우스를 무사히 보내려고 결정했군! 그래 좋아. 이제 와서 나라고 어쩔 수 없지만 그렇다고 순순히 보내줄 수는 없지. 돌아가는 길에 온갖 재난을 만나도록 만들어주지!"

그런 후 그는 삼지창을 집어 들더니 구름을 모아 바다에 파도를 일으켰다. 오디세우스가 몸을 실은 뗏목을 향해 큰 너울이 덮쳐 왔고 그는 키를 놓치고 멀리 나가떨어졌다. 그리고 사나운 바람이 불어와 돛대를 꺾어버렸다. 그러자 이내 돛은 바다 위에 떨어져버렸다. 그는 키도 없고 돛도 없는 뗏목 위에 간신히 매달려 있을 수밖에 없었다. 하지만 사방에서 사나운 바람이 불어와 뗏목을 흔들어내는 바람에 언제고 바다에 빠져버릴 위험에 처해 있었다,

그때 잔잔한 바다의 여신 레우코테아가 뗏목 위에 간신히 몸을 싣고 어쩔 줄 몰라 하는 오디세우스를 보았다. 그를 불쌍히 여긴 그녀가 새처럼 날아올라 오디세우스의 뗏목 위에 내려앉더니 말했다.

"불운한 오디세우스! 포세이돈께서 왜 이토록 당신에게 이렇게 화를 내시는 거지? 그러나 그분이 당신을 끝장내지는 못할 거야. 자, 내가 시키는 대로 해. 우선 그 옷들을 다 벗어. 뗏목도 그냥 떠내려가도록 내버려둬. 그런 다음 당신 손으로 헤엄쳐서 파이아케스족의 땅으로 가. 당신은 거기서 구출 받게 되어 있어. 자, 내가 불멸의 머릿수건을 줄 테니 이 수건을 가슴에 둘러. 그러면 더 이상 고통이나 죽음을 두려워하지 않게 될 거야."

오디세우스는 망망 바다 한복판에서 뗏목을 버리고 떠난다는 게 두려웠다. 하지만 자신의 뜻과는 상관없이 그는 뗏목을 버릴 수밖에 없었다. 포세이돈이 더 큰 파도를 일으켜 뗏목을 산산조각 냈기 때문이었다. 그는 한 조각 널빤지 위에 걸터앉아 칼립소가 준 옷들을 벗어버리고 수건을 가슴에 둘렀다. 그

러고는 바다로 뛰어들어 헤엄치기 시작했다.

멀리서 그 모습을 본 포세이돈이 혼잣말을 했다.

"그래, 다시 인간 세상을 만날 때까지 그렇게 바다 위를 떠돌아다녀라. 그렇게 고통을 겪고도 '내게 고통 따위는 아무것도 아니다'라고 큰소리칠 수 있는지 어디 두고 보라지!"

오디세우스는 죽음을 예감하며 이틀 밤, 이틀 낮을 그렇게 바다 위를 떠돌았다. 그리고 세 번째 날이 되었을 때 그의 눈앞에 기적처럼 육지와 숲이 나타났다. 그는 천신만고 끝에 육지에 올랐다. 그리고 숲 속 덤불 사이에서 나뭇잎들로 몸을 가린 채 깊은 잠에 빠져들었다.

파이아케스족 나라의 알키노오스 왕

오디세우스가 그렇게 잠을 자고 있는 동안 아테나 여신은 파이아케스족의 나라로 갔다. 그곳은 알키노오스가 다스리고 있는 나라였다. 아테나는 곧장 알키노오스의 딸 나우시카아가 자고 있는 침대 곁으로 갔다. 그녀는 잠들어 있는 나우시카아에게 말했다.

"나우시카아! 어쩌자고 이러고 있는 거니? 너는 곧 결혼을 하게 될 텐데 이렇게 아무 준비도 안 하고 있다니! 네 옷은 물론이고 아버지와 오빠들 옷도 깨끗하게 빨아서 준비를 해놔야 하지 않겠니? 자, 어서 빨래터로 가거라."

잠에서 깬 나우시카아는 참 이상한 꿈을 꾸었다고 생각하며 부모님에게 가서 말씀드렸다. 그녀는 부끄러워서 자기 결혼 이야기는 빼놓았다. 대신 아버지와 오빠들 옷을 빨러 가겠다고만 말했다. 아버지는 눈치가 빨랐다. '우리 딸아이가 자기 결혼 준비를 하려는 거구나'라고 생각하며 흔쾌히 마차를 준비해주었다.

　나우시카아와 시녀들은 곧 바다로 흘러들어가는 강변 빨래터에 도착했다. 시녀들은 마차에서 옷들을 내린 후 물웅덩이에 담그고 열심히 밟기 시작했다. 빨래를 마친 소녀들은 옷들을 넌 뒤 마르기를 기다리며 공놀이를 했다. 그때 한 시녀가 던진 공이 오디세우스가 잠들어 있는 곳으로 굴러갔다. 소녀들이 함성을 지르며 공을 쫓아갔다.

　소녀들이 떠드는 소리에 오디세우스는 잠에서 깨어났다. 벌거벗은 몸이었던 오디세우스는 급한 대로 나뭇가지를 꺾어 잎으로 중요한 부분만 가렸다. 공을 쫓아 뛰어오던 시녀들은 벌거벗은 남자를 발견하고는 비명을 지르며 도망갔다. 하지만 나우시카아만은 그 자리에 그대로 서서 이상한 남자를 똑바로 쳐다보았다. 그녀는 본래 그렇게 대담한 처녀가 아니었다. 그런데 아테나 여신이 그녀에게 그런 대담함을 불어넣은 것이다.

　오디세우스는 벌거벗은 자신의 몸을 두려움 없이 바라보는 이 소녀에게 애원했다.

"아, 당신 여신 아니오? 여신이 아닌 인간의 딸이 이렇게 아름다울 수 있다니! 당신은 틀림없이 여왕일 거요! 나는 험한 바다 위를 헤매다가 어제 겨우 이곳에 닿을 수 있었소. 아, 신들께서 내게 얼마나 더 많은 시련을 주시려는 건지! 나는 여기가 어딘지도 모르오. 여왕님, 제발 나를 불쌍히 여겨 입을 옷을 좀 주고 당신 도시로 데려가주시오."

나우시카아가 대답했다.

"나그네님, 당신은 좋은 사람 같아요. 내가 도와드릴게요. 여기는 파이아케스족의 나라랍니다. 우리 아버지가 이곳의 왕이세요."

오디세우스는 자신이 바다의 여신 레우코테아가 일러준 곳으로 왔다는 사실을 알고 마음이 놓였다.

나우시카아는 시녀들에게 옷을 가져오라고 명령했다. 멀찍이 나무 사이에 숨어서 엿보고 있던 시녀들이 옷을 가져왔다. 오디세우스는 먼저 바다로 흘러들어가는 강물에서 목욕을 했다. 목욕을 마치고 나서 올리브유를 온몸에 바른 다음 시녀들이 가져다준 멋들어진 옷을 입으니 너무나 우아하고 멋진 사나이가 되었다. 본래의 훌륭한 모습으로 돌아온 오디세우스는 시녀들이 내온 음식을 게걸스럽게 먹었다. 제대로 된 음식을 입에 대보는 것이 도대체 얼마 만인지!

그가 음식을 먹는 동안 나우시카아는 생각했다.

'참 멋진 사람이네. 마음 같아서는 이 사람을 아버지께 직접 데려가고 싶어. 하지만 사람들이 얼마나 수군댈까! 어디서 멋진 남자를 구해 왔군, 이 나라 남자들은 죄다 헛물만 켰어, 부모님이 배필을 정해주시기도 전에 남자들이랑 어울렸었네, 하며 온갖 소리를 해댈 거야. 그러면 부모님 얼굴에 먹칠을 하는 셈이 되겠지.'

오디세우스가 음식을 먹고 나자 그녀가 말했다.

"내가 저기 숲이 있는 곳까지는 데려다줄 게요. 도시와는 아주 가까운 곳이에요. 당신은 거기서 잠시 기다리다가 우리가 성에 도착할 때쯤 되면 우리 집으로 오세요. 사람들에게 왕궁이 어디 있는지 물으면 가르쳐줄 거예요."

나우시카아가 마차에 오르자 오디세우스는 시녀들과 함께 그 뒤를 따랐다. 이윽고 나우시카아가 말한 숲에 도착하자 오디세우스는 그곳에 멈춰 기다렸고 나우시카아는 시녀들과 함께 궁전으로 돌아갔다.

나우시카아가 궁전에 도착했을 때쯤 오디세우스는 일어나서

파이아케스족 나라의 알키노오스 왕

도시로 향했다. 그가 도시에 발을 들여놓자 짙은 안개가 그를 감쌌다. 그를 아무도 알아보지 못하도록 아테나 여신이 안개를 몰고 온 것이었다. 여신은 어린 소녀의 모습으로 변신한 후 오디세우스에게 다가갔다. 어린 소녀가 곁으로 오는 것을 본 오디세우스가 물었다.

"아가씨, 왕궁이 어딘지 알려줄래요? 난 여기 아는 사람이 하나도 없어서 그래요."

그러자 아테나 여신이 그를 궁전으로 안내했다. 짙은 안개가 감싸고 있어 한 사람도 그들을 알아차리지 못했다. 가는 동안 아테나 여신은 이곳을 다스리는 알키노오스 왕과 왕비 아레테가 포세이돈의 아들 나우시토오스의 자손이라는 사실을 알려 주었다. 이윽고 알키노오스의 왕궁에 도착한 오디세우스는 궁전이 더없이 화려한 것을 보고 감탄했다. 게다가 정원에는 갖가지 나무들이 먹음직스러운 과실을 주렁주렁 매달고 그들을 맞이했으며, 온갖 야채들이 싱싱함을 뽐내는 채소밭과 마르지 않는 샘물도 있었다. 그 모두가 신의 선물이라고 할 만 했다.

오디세우스는 아테나 여신이 피운 안개를 두른 채 곧장 알키노오스 왕과 아레테 왕비가 있는 곳으로 갔다. 그런 다음 즉시 무릎을 꿇고 두 손으로 아레테 왕비의 무릎을 잡았다. 그 순간 안개가 걷혔다. 갑자기 낯선 남자의 모습이 나타나자 궁 안에 있던 사람들이 모두 깜짝 놀랐다. 오디세우스가 애원하듯 말했다.

"아레테 왕비님! 신과 같은 렉세노르의 따님! 나는 바다를 떠돌며 온갖 고생을 겪은 끝에 이곳에 오게 되었습니다. 신들께서 당신들에게 영원한 축복을 내리시기를! 제발 간청드리니 내가 고향으로 돌아갈 수 있게 도와주십시오. 나는 너무 오랫동안 가족과 떨어져 고통 속에 지냈습니다."

알키노오스는 그가 영웅임을 금세 알아보았다. 왕은 우선 그에게 자리를 권한 후 음식을 내놓았다. 오디세우스가 충분히 먹고 마시기를 기다린 후 알키노오스가 말했다.

"당신은 고귀한 분임에 틀림없소. 좋소, 내일 아침 원로들을 소집해서 회의를 열겠소. 당신이 어떻게 하면 무사히 고향 땅을 밟을 수 있을지 방법을 의논하겠소. 어쩌면 당신은 우리의 충성심을 시험하려고 올림포스에서 내려오신 신이신지도 모르겠소. 그렇다면 우리는 더욱 당신을 도와야만 하오."

그러자 오디세우스가 말했다.

"존경하는 알키노오스! 그런 걱정은 하지 마십시오. 나는 단지 신의 뜻에 따라 온갖 고난을 겪는 한 인간일 뿐입니다. 진심으로 간청드리니, 당신과 똑같은 인간으로서 너무 큰 고난을 겪고 있는 나를 도와주십시오!"

오디세우스가 말을 마치자 알키노오스는 궁 안에 모여 있던 사람들에게 일단 자기 집으로 돌아갔다가 다음 날 아침에 다시 모이라고 명령했다. 사람들이 나가고 집 안에는 이제 알키노오스와 아레테와 오디세우스만 남았다. 그때 아레테가 오디세우스가 입고 있는 옷을 유심히 살펴보았다. 그런데 가만히 보니 그건 자신이 시녀들과 함께 공들여 짠 옷이었다! 그녀가 말했다.

"나그네님, 정말로 궁금하군요. 당신은 대체 누구인가요? 방금 바다를 떠돌다 이곳에 오게 되었다고 말하지 않았나요? 그런데 내가 짠 그 옷을 어떻게 입고 있는 거지요?"

그러자 오디세우스가 말했다.

"왕비님, 내가 겪은 일을 다 말씀드리기는 어렵습니다. 아, 신들께서 너무나 많은 고난을 내게 안기셨기 때문이지요. 하지만 내가 이 옷을 어떻게 해서 입게 되었는지는 말씀드릴 수 있습니다."

오디세우스는 칼립소가 사는 오기기아 섬에서 괴로워하며 지내던 일, 그 섬을 떠나게 된 일, 포세이돈의 노여움 때문에 뗏목이 부서진 일, 바다와 맞닿은 강변에 겨우 도달한 일, 거기서 정신없이 자다가 나우시카아를 만난 일을 이야기했다.

그의 이야기를 듣는 동안 알키노오스는 오디세우스가 마음에 들었다. 그는 오디세우스에게 말했다.

"당신은 진짜 영웅이구려. 당신이 이곳에 머물며 내 사위가 되면 좋겠다는 마음이 굴뚝같소! 하지만 내 억지로 붙들지는 않겠소. 그러면 제우스신께서도 언짢아하시겠지. 자, 당신을 언제 어떻게 떠나보낼지 내일 회의를 열어 바로 결정하도록 하겠소. 오늘은 이만 푹 잠을 자도록 하시오."

알키노오스의 말을 들은 오디세우스는 뛸 듯이 기뻐하며 희망에 벅차서 잠자리에 들었다.

이튿날 아침이 되자 알키노오스는 오디세우스를 손수 회의장으로 안내했다. 원로들이 모두 모이자 알키노오스가 일어나서 말했다.

"파이아케스족의 지도자들이여, 내 말을 들으시오! 여기 있는 이 나그네가 어디서 왔는지 나도 모르고 아무도 모르오. 하지만 그는 우리가 자신을 도와 고향으로 무사히 돌아가게 해주기를 간절히 바라고 있소. 우리 파이아케스 사람들은 낯선 이들에게 늘 친절을 베풀어왔소. 신들께서 우리를 보호해주시고 평화롭게 지내도록 해주시는 것은 우리가 선량하게 살아왔기 때문이오. 빨리 우리 파이아케스족 중에 가장 힘센 젊은이 52명을 뽑읍시다. 그들이 노를 저어 이 나그네를 고향으로 데려갈 것이오. 출발 전에 모두 궁으로 와서 환송 잔치를 엽시다. 다들 사양하지 말고 와주시오. 그 자리에 우리의 눈먼 음유시인 데모도코스도 부르도록 합시다."

젊은이 52명이 뽑혔다. 그들은 바다에 배를 띄운 다음 노를 가지런히 하고 돛을 점검해 항해 준비를 했다. 항해 준비를 마친 후 그들은 모두 알키노오스의 궁전으로 갔다.

얼마 후 궁전 안은 온통 사람들로 북적거렸다. 늙은이, 젊은이 할 것 없이 모두 모여들었기 때문이었다. 알키노오스는 잔치를 위해 양 12마리와 돼지 8마리, 황소 2마리를 내놓았다. 잔치 준비가 끝나갈 무렵 음유시인 데모도코스가 불려왔다.

사람들이 배불리 먹고 마시고 나자 음유시인 데모도코스가 현악기를 들었다. 사람들은 그에게 트로이 전쟁 중에 오디세우스와 아킬레우스가 논쟁을 벌인 장면을 노래하라고 부추겼다. 전투에 다시 참여하라고 아킬레우스를 설득하는 오디세우스와 그것을 거절하는 아킬레우스 간의 말다툼에 관한 노래로서 트로이 전쟁에 관한 수많은 이야기들 중 가장 명성이 자자한 이야기였다. 데모도코스가 노래를 시작했다. 그러자 오디세우스는 겉옷으로 얼굴을 가렸다. 흐르는 눈물을 감추기 위해서였다. 다들 눈치를 채지 못했지만 그와 가까이 앉아 있던 알키노오스만은 그 사실을 알아차렸다. 그는 고개를 갸웃했다.

데모도코스가 노래를 마치자 알키노오스가 말했다.

"자, 잔치도 끝나고 노래도 들었으니 우리 모두 밖으로 나가서 경기를 하기로 합시다. 이 나그네 분도 길 떠나기 전에 자신의 솜씨를 우리에게 보여줄 수 있을 것이오."

알키노오스의 말에 모두들 궁을 떠나 공공 집회장으로 갔고 수많은 군중들이 그 뒤를 따랐다. 그곳에 도착하자 내로라하는 젊은이들이 모두 나섰다. 그리고 전차 경주, 레슬링, 멀리뛰기, 원반던지기, 권투 경기를 하며 즐겼다. 그때 알키노오스의 아들인 라오다마스가 흥미진진하게 경기를 보고 있던 오디세우스에게 말했다.

"나그네분! 당신도 함께 실력을 겨루어보지 않겠습니까? 항해 준비도 끝났으니 걱정할 것 하나도 없습니다. 자, 우리와 함께 즐겨보십시오."

오디세우스는 극구 사양했다. 그러자 라오다마스의 친구들이 "아무리 봐도 사내다운 남자가 아니라 장사꾼에 불과한 사람 같다"고 그를 놀려댔다. 오디세우스는 자리에서 벌떡 일어났다. 그러고는 경기장으로 나서서 원반을 집어 들고 힘껏 던졌다. 원반은 그 누가 던진 것보다 멀리 날아갔다. 원반을 던진 후 오디세우스는 어떤 경기를 겨루든 자신 있다고 말했다. 자신을 비웃는 말에 엄청 화가 났던 것이다.

그러자 현명한 알키노오스가 나섰다.

"그만 화를 거두시오. 당신이 화를 낼 만도 하오. 그렇지만 내가 보기에 어떤 경기를 하건 모두 당신이 이길 것 같소. 당신이 이대로 고향으로 돌아간다면 우리는 자랑거리 하나 없는 사람들이 되겠지요. 자, 우리의 진짜 솜씨를 보여주리다. 당신 머릿속에 고이 간직했다가 다른 사람들에게도 전해주면 좋겠소."

그런 후 그는 무희들을 불러 춤을 추게 하고는 다시 음유시인 데모도코스를 불렀다. 데모도코스는 아름다운 무희들이 현란한 춤을 추는 가운데 현악기를 켜며 노래를 했다. 그는 아프로디테와 헤파이스토스 사이의 사랑을 길게 노래했다. 오디세우스는 노래를 들으면서 마음이 가라앉았다. 그만큼 그의 노래 솜씨는 뛰어났다. 오디세우스는 그 솜씨에 반했다. 그의 노래는 모든 분노와 질투를 가라앉히는 마법을 부렸다. 오디세우스를 조롱했던 이들이 다가와 화해를 청하며 값진 선물을 내놓았다. 그곳에 모인 원로들도 앞다투어 오디세우스에게 온갖 값나가는 물건과 황금을 선물로 주었다. 날이 저물자 오디세우스는 알키노오스와 함께 궁으로 돌아갔고 다른 이들도 각자의 집으로 돌아갔다.

　궁으로 돌아온 후 알키노오스는 다시 잔치를 벌였다. 도시의 많은 원로들이 오디세우스와 이별의 정을 나누기 위해 다시 궁으로 모였다. 그러자 알키노오스는 또다시 데모도코스를 불렀다. 데모도코스가 오자 그의 솜씨를 너무 좋아하게 된 오디세우스가 직접 노래를 주문했다.

　"데모도코스, 당신은 도대체 어떤 신께 노래를 배운 것이오? 당신 노래를 듣고 있으면 꼭 그 당시 그 자리에 당신이 직접 있었던 것처럼 여겨지니 말이오. 당신에게 부탁 하나 하겠소. 혹시 이 자리에서 트로이 목마에 관한 노래를 들려줄 수 있겠소?"

　그의 요청에 음유시인은 노래를 시작했다. 그러자 정작 노래를 주문했던 오디세우스가 눈물을 쏟아내기 시작했다. 알키노오스는 노래를 중단시키고 오디세우스에게 말했다.

　"데모도코스가 당신을 즐겁게 해주려고 노래를 하고 있는데 오히려 당신은 눈물을 흘리는구려. 자, 당신은 이제 내 형제와 같으니 숨김없이 자신이 누구인지 말해주시오. 당신이 어디를 떠돌아다녔는지, 당신이 어떤 사납고 야만적인 자들을 만났는지, 또 우리처럼 손님에게 친절하고 신을 공경하는 이들이 있었는지 말해주시오. 왜 트로이 이야기만 나오면 당신이 눈물을 흘리는지도 말해주시오."

키클롭스 이야기

오디세우스가 대답했다.

"아, 알키아노스. 저, 훌륭한 음유시인의 노래를 들으며 이렇게 술잔을 기울이고 있으니 행복을 가져다주시는 신께서 우리 곁에 머물고 계신 것만 같습니다. 그런데 당신은 나를 다시 고통과 슬픔 속으로 몰고 가려 하시는군요. 좋습니다. 그토록 궁금해하시니 말씀드리겠습니다. 신께서는 내게 수많은 고난을 내리셨지요. 그중에서 무엇부터 이야기해야 할까요?

우선 내 이름부터 말씀드리지요. 나는 라에르테스의 아들 오디세우스입니다. 사람들은 나를 지혜롭다 칭찬했고 그 소리가 온 세상에 울려 퍼졌지요. 내 고향은 바로 이타카입니다. 비록 바위투성이 섬이지만 내게는 달콤하기 그지없는 고향이지요.

칼립소는 자기 동굴에 나를 붙잡아두고 남편으로 삼으려 했습니다. 키르케도 자기 궁전에 나를 잡아두려 했고요⋯⋯. 하지만 나는 다 물리쳤습니다. 제아무리 풍요롭고 안락한 삶이라도 부모님이 계신 고향 땅만큼 따뜻한 곳이 어디에 있겠습니까? 자, 이제부터는 트로이를 떠나 집으로 돌아오는 도중 신께서 내게 내리신 고난을 빠짐없이 말씀드리겠습니다.”

사람들은 그가 바로 그 지혜롭기로 유명한 오디세우스라는 사실을 알고는 깜짝 놀랐다. 그들은 어서 빨리 그의 모험 이야기를 듣고 싶어했다. 이에 오디세우스가 긴 이야기를 풀어놓기 시작했다.

우리는 바람에 밀려 키코네스족의 나라인 이스마로스로 가게 되었습니다. 그들은 트로이 전쟁 때 트로이 편을 들었지요. 그래서 우리는 그 도시를 기습해서 약탈을 하고 많은 병사들을 죽였지요. 내가 필요한 것을 얻었으니 빨리 도망가자고 했지만 바보 같은 부하들이 내 말을 듣지 않았습니다. 술을 퍼마시고 소를 잡아먹느라 정신들이 없었지요. 그사이 도망갔던 키코네스족이 이웃의 병사들을 이끌고 돌아왔답니다. 우리는 열심히 싸웠지만 그들은 우리보다 훨씬 수가 많았지요. 그곳에서

6명의 동료가 목숨을 잃었습니다. 이것이 우리가 트로이를 떠난 후 겪은 첫 번째 고난이었습니다.

겨우 그곳을 빠져나온 우리는 동료를 잃은 슬픔에 젖어 항해를 계속했습니다. 고향으로 돌아가겠다는 일념으로 열심히 노를 저었지요. 그런데 무서운 폭풍이 몰려왔습니다. 너무 사나운 폭풍이어서 돛들이 그만 갈기갈기 찢어져 바다에 빠져버렸습니다. 우리는 열흘 넘게 표류한 끝에 어느 뭍에 상륙할 수 있었습니다. 나는 그곳에 어떤 사람들이 살고 있는지 알아보려고 두 병사를 보냈습니다. 거기다 전령으로 한 병사를 딸려서요. 그곳은 채식을 하는 로토파고이족이 살고 있는 나라였지요. 로토파고이족은 사나운 사람들이 아니었어요. 그들은 우리 두 병사에게 자신들이 먹는 로토스라는 열매를 주었지요. 그런데 그게 문제였습니다. 한번 로토스 맛을 본 두 병사는 집으로 돌아가는 일 따위는 잊어버리고 말았습니다. 그냥 거기서 살고 싶다는 거였지요. 나는 안 가겠다고 울고 불며 버티는 병사들을 억지로 끌고 와 배 밑바닥에 묶었습니다. 다른 병사들도 로토스 맛을 보고 고향을 잊게 될까봐 나는 황급히 그곳을 떠났습니다.

우리는 계속 항해를 했습니다. 이윽고 육지를 발견했는데 그곳은 키클롭스들이 살고 있는 나라였습니다. 우리는 그곳에서 정말로 엄청난 고난을 겪었습니다. 내가 이렇게 바다를 떠돌 수밖에 없게 된 것도 그곳에서 겪은 일 때문이었습니다.

키클롭스들은 외눈박이 거인이었고 오만불손한 무법자들이었습니다. 그들은 땅을 갈지도 않고 농작물을 심지도 않았어요. 모든 게 저절로 풍성하게 자라고 있었으니까요. 그들에게는 공공 집회장도 없고 법규도 없었습니다. 그냥 산꼭대기 동굴에 살고 있었습니다. 그런데 그들이 사는 곳 근처에 섬이 하나 있었습니다. 많은 야생 염소들이 무리 지어 살면서 한가롭게 풀을 뜯는 그런 곳이었지요.

우리는 칠흑 같은 밤에 그 섬에 닻을 내렸습니다. 그리고 편안히 잠을 자며 동이 트기를 기다렸지요. 아침이 되자 우리는 너무 신이 나서 여기저기를 돌아다녔습니다. 주인 없이 풀을 뜯는 염소들을 발견하고 활과 창으로 잡기 시작했지요. 정말 많이도 잡았습니다. 나를 따라온 함선은 모두 12척이었는데 한 척당 8마리씩 돌아갈 정도였으니까요. 우리는 해가 질 때까지 온종일 그곳에 앉아 푸짐하게 고기를 먹고 포도주를 마셨죠. 키코네스족의 나라인 이스마로스를 함락했을 때 포도주를 한껏 가져왔기에 술은 넉넉했어요. 그런데 우리가 먹고 마시는 사이에 키클롭스들이 살고 있는 육지 쪽에서 연기가 피어올랐습니다. 그리고 그들의 말소리, 그들이 키우는 양 떼와 염소 소리가 들렸습니다. 우리가 머물던 섬은 그들이 살고 있는 곳과 그만큼 가까웠던 거지요. 배불리 먹고 마신 우리는 일단 바닷가에서 잠을 청했습니다.

다음 날 새벽의 여신이 찾아오자 나는 회의를 소집한 후 병사들에게 말했습니다.

"자, 내 함선에 타고 있는 병사들은 나와 함께 저곳에 가보자. 저곳에 어떤 자들이 살고 있는지 함께 알아보자."

나는 곧 동료들과 함께 배에 올랐고 우리는 금세 가까운 바닷가에 도착했습니다. 배에서 내려보니 물가에 월계수로 덮인 커다란 동굴 하나가 눈에 띄더군요. 나는 부하들 중 용감한 병사 12명을 뽑아서 그 동굴로 갔습니다.

사실 그 동굴에는 산봉우리처럼 엄청난 덩치를 가진 거인 키클롭스 한 명이 살고 있었습니다. 하지만 우리가 찾아갔을 때 그는 그곳에 없었습니다. 동굴 크기가 어마어마한 것이 좀 겁이 났지만 우리는 동굴로 들어갔습니다. 그리고 그 안에 있는 것들을 자세히 살펴보았습니다. 광주리마다 치즈가 가득 담겨 있었고 짐승 우리마다 새끼 양과 새끼 염소가 득실거렸지요.
병사들은 치즈와 양과 염소를 얼른 우리 배로 가져가자고, 그
런 후 도망치자고 내게 말했습니다. 하지만 나는 듣지 않았습
니다. 아, 그때 동료들의 말을 들었어야 했는데! 나는 내 꾀와
내 대담함에 스스로 넘어간 셈이었지요. 나는 병사들에게 말했
습니다.

"이 동굴 주인이 누구인지 궁금하지 않아? 그가 우리에게 직
접 선물을 줄지 알게 뭔가? 자, 기다려보자고."

우리는 태평하게 동굴 속에 둘러앉아 불을 피우고 치즈를 먹
으며 동굴 주인을 기다렸지요. 그때 갑자기 쿵, 하는 소리가 났
습니다. 그 거인이 엄청난 무게의 장작을 동굴 안으로 던져 넣
는 소리였습니다. 아마 저녁 짓는 데 쓰려고 가져온 것 같았습
니다. 우리는 모두 깜짝 놀라 동굴 안쪽으로 급히 도망쳤습니
다. 그는 젖을 짤 수 있는 암컷들은 동굴 안으로 몰아넣고 수컷
들은 밖에 그냥 두었지요. 잠시 후 안으로 들어온 후 그는 엄청
나게 큰 바위로 동굴 입구를 막았습니다. 마차 20대가 동시에
끌려 해도 움직일 수 없을 만큼 큰 바위였어요. 그러더니 그는
젖을 짰습니다. 정말 엄청난 양의 젖을 짜서 뚝딱 치즈를 만들
더니 반은 바구니들에 담고 반은 저녁 때 먹을 생각인지 그냥

그릇에 담아놓더군요.

저녁 준비를 끝낸 그 거인은 불을 피웠습니다. 거인은 그제야 우리를 발견하고 물었습니다.

"어, 이게 뭐야? 너희 누구야? 장사꾼들이야? 아니면 바다를 떠돌며 노략질하는 해적들이야?"

목소리가 얼마나 걸걸하고 큰지 우리는 모두 얼이 나갈 지경이었습니다. 내가 용기를 내 말했지요.

"우리는 용감한 그리스인들로 트로이에서 오는 길이오. 바다를 표류하다가 신의 뜻인지 이곳으로 오게 되었소. 당신이 우리를 반가이 맞아줄 줄 알고 이곳에서 기다린 거요. 당신이 우리에게 선물도 주리라고 기대하고 있었소. 신의 뜻이 그러니 그 뜻에 따르길 바라오."

그러자 그가 코웃음을 치며 대답했습니다.

"뭐라고? 나보고 신의 뜻을 따르라고? 내가 누군지 모르는 모양이군! 우리 키클롭스들은 제우스건 누구건 신 따위는 두려워하지 않아. 우리가 신들보다 훨씬 강하다는 걸 모르나? 제우스가 두려워서 너희를 얌전히 내버려둘 것 같아!"

그렇게 말하더니 그는 우리 동료 2명을 마치 강아지처럼 움켜쥐더니 땅바닥에 그대로 내동댕이치는 게 아니겠습니까! 두 동료는 그만 그의 저녁식사 거리가 되어버렸지요. 그 끔찍한 모습을 보고 눈앞이 캄캄해졌습니다. 도무지 어떻게 해야 할지 알 수가 없었습니다.

　다음 날 아침이 되자 거인은 다시 불을 피우더니 어제와 마찬가지로 젖을 짠 후, 우리 동료 2명을 또 잡아먹었습니다. 그런 후 입구를 막고 있던 거대한 바위를 가볍게 치우더니 가축들을 밖으로 몰아내 갔지요. 밖으로 나간 그는 마치 화살 뚜껑을 닫듯 입구를 다시 바위로 막아버렸습니다. 우리는 꼼짝없이 동굴 안에 갇히고 말았지요.

　나는 어떻게 하면 이 재앙에서 벗어날 수 있을까 머리를 굴렸습니다. 그러던 중 동물 우리 옆에 놓인 큼지막한 나무 하나가 눈에 띄었습니다. 나는 그 나무를 알맞게 잘라낸 후 병사들에게 말뚝처럼 끝을 뾰족하게 다듬으라고 말했습니다. 거인이 돌아와 잠이 들었을 때 그 말뚝을 들어 올려 그놈 외눈에 쑤셔 박아서는 빙빙 돌리기로 한 거죠. 우리는 제비뽑기를 했습니다. 다행히 나를 포함해서 가장 힘이 세고 용감한 동료 5명이 뽑혔습니다.

　저녁이 되자 그가 돌아왔지요. 무슨 일인지 이번에는 암양들과 함께 숫양들도 모두 동굴 안으로 몰아넣더군요. 그러고는 전날처럼 부지런히 일을 끝내더니 마찬가지로 우리 동료 2명을 움켜쥐었습니다. 그 순간 나는 포도주를 가득 따른 나무 대접을 들고 그놈에게 다가가서 말했습니다.

"키클롭스, 이 포도주 맛 좀 보시오. 우리 배에는 이런 포도주가 아주 많소."

그러곤 용기를 내어 덧붙였습니다.

"당신이 하는 짓을 더 이상 두고 보기 어렵소. 참으로 잔인하오. 제발 그만하고 우리를 돌려보내주시오."

그는 포도주를 받아 마셨습니다. 그러고 나서 입맛을 쩍쩍 다시더니 더 달라면서 이렇게 말하더군요.

"자, 나한테 한 잔 더 주고 네 이름을 말해라. 이 맛있는 걸 준 보답으로 네게는 특별히 큰 선물을 하나 주겠다. 우리 땅에도 포도가 나긴 하지만 이거야말로 진짜 암브로시아, 진짜 넥타르야!"

나는 그에게 석 잔을 더 권한 다음 내 이름을 말해주었습니다. 물론 진짜 이름이 아니라 지어낸 이름이었지요.

"키클롭스, 내 이름을 물었지요. 내 이름은 '아무도 아니'요. 자, 내 이름을 알려주었으니 내게 선물을 주시오."

그러자 그가 비정하게 말했습니다.

"그래, 선물을 주지. 내가 너희 중에 '아무도 아니', 너를 제일 나중에 먹겠다. 그만하면 큰 선물 아니냐!"

그러더니 술기운에 금방 잠에 빠져들었지요. 나는 무서워 꽁무니를 빼는 병사들을 격려해서 말뚝을 불에 달구었습니다. 병사들은 용기를 내서 나무 말뚝을 그놈 외눈으로 밀어 넣었습니다. 나는 말뚝 위에 매달려 말뚝을 빙빙 돌렸지요. 그러자 뜨거운 말뚝 주위로 피가 펑펑 솟아나 흘렀습니다. 더욱이 불에 달군 말뚝이라 그놈 눈썹과 눈알이 모두 타버렸습니다.

그는 무시무시한 비명을 지르며 주변 동굴에 사는 다른 키클롭스들을 소리쳐 불렀습니다. 그러자 그들이 동굴 주위로 몰려왔습니다. 그들은 도대체 무슨 일이냐고, 누가 가축을 도둑질해 가냐고, 누가 꾀를 부려 그대를 해치려 하냐고 물었습니다. 그러자 그가 대답했습니다.

"'아무도 아니'다. 나를 해치려 하는 자는 '아무도 아니'다."

그러자 그들은 이렇게 투덜대며 돌아가버렸죠.

"뭐야? 아무도 아니라면서 무슨 난리를 치고 그래. 혼자 괜히 소리를 질러대는 걸 보니 이상한 병이 도진 모양이지."

나는 속으로 쾌재를 불렀습니다. 내 빈틈없는 계략이 성공한 거지요.

키클롭스는 괴로운 신음 소리를 내며 동굴 입구로 가더군요. 그러고는 바위를 치우더니 두 팔을 벌린 채 그곳에 그대로 주저앉았습니다. 누구든 밖으로 나오면 잡을 생각이었겠지요. 하지만 그는 나를 잘못 보았던 거죠. 내가 그렇게 어리석겠습니까?

동굴 안에는 털이 복슬복슬한 큰 숫양들이 있었습니다. 나는 숫양을 3마리씩 묶었습니다. 이윽고 새벽이 되자 나는 하나로 묶은 숫양들 중 가운데 놈의 배에 병사들을 매달리게 했습니다. 나는 가장 큰 숫양 한 마리의 배에 매달렸습니다. 숫양들은 늘 하던 대로 동굴 밖으로 나가기 시작했습니다. 거인은 고통스럽게 끙끙 앓으면서도 양들의 등을 더듬었지요. 하지만 어리석은 그는 우리가 털북숭이 숫양들의 배에 매달려 있으리라고는 생각조차 못했답니다. 그렇게 우리는 모두 동굴 밖으로 빠져나올 수 있었지요.

우리는 그 숫양들을 몽땅 몰고 우리 배 있는 곳에 도착했습니다. 남아 있던 동료들이 우리를 반겨주었습니다. 그들은 거인의 먹이가 된 병사들 이야기를 듣고는 눈물을 흘렸습니다.

우리는 바로 배를 띄웠습니다. 섬에서 어느 정도 멀어졌을 때 나는 키클롭스를 향해 소리쳤습니다. 그 무서운 괴물한테서 한시라도 빨리 멀어지길 바라던 병사들이 말렸지만 나는 듣지 않았어요. 지금 생각하면 어리석은 짓이었지만 그만큼 그 거인에게 화가 나 있었던 것이지요.

"키클롭스, 넌 네가 저지른 잔인한 짓거리 때문에 신들께 천벌을 받은 거야!"

내가 놀리자 더욱더 열이 받은 키클롭스는 산더미만 한 바윗덩어리를 뽑아 우리 배를 향해 집어던졌습니다. 다행히 바위는 아슬아슬하게 빗나갔고 우리는 가슴을 쓸어내렸지요. 하지만 배가 육지에서 더 멀어지자 나는 한 번 더 그를 크게 비웃어주었답니다.

"키클롭스! 누가 너를 치욕에 빠뜨렸는지, 누가 너를 눈멀게 했는지 물으면 이렇게 답해라. '그는 아무도 아니가 아니라 바로 이타카의 오디세우스였다!'라고 말이다."

그러자 그가 탄식하면 혼잣말을 하더군요. 그래도 우리 귀에는 다 들렸습니다.

"아, 내가 왜 그 예언을 잊고 있었지! 우리 땅의 예언자 텔레모스가 예언했지, 내가 오디세우스에게 두 눈을 잃게 될 거라고! 나는 오디세우스란 자가 커다란 거인이리라고 생각했지, 저렇게 볼품없이 허약한 자일 줄은 꿈에도 생각 못 했어."

그런 후 그는 나를 향해 말했습니다.

"나는 대지를 뒤흔드시는 이, 포세이돈 신의 아들 폴리페모스다. 이리 와라, 오디세우스. 내가 선물을 한 아름 주고 아버지께 부탁해서 너를 무사히 귀향시켜주겠다!"

나는 곧장 대답했지요.

"대지를 뒤흔드는 신도 네 눈을 치료해줄 수 없을 것이다! 너를 죽여서 하데스의 궁으로 보내지 못한 것이 아쉬울 뿐이다!"

그러자 그가 하늘을 향해 두 손을 들고 포세이돈 신께 기도를 했습니다.

"대지를 떠받치시는 아버지 포세이돈 님, 제 기도를 들어주십시오. 제가 아버지의 아들임을 자랑스럽게 여기신다면 저 오디세우스를 무사히 집으로 보내주지 마십시오! 저자가 결국 집으로 돌아가 가족을 만날 운명을 타고났더라도 동료 병사들을 다 잃은 후 남의 배를 얻어 타고 비참한 모습으로 돌아가게 해주십시오! 집으로 돌아간 후에도 고통이 뒤따르게 해주십시오."

그의 기도를 들어준 포세이돈이 크나큰 시련을 안겨주리란 것도 모르는 채, 우리는 항해를 계속했습니다.

아이올로스와 키르케 이야기

　　항해를 계속한 우리는 히포테스의 아들 아이올로스가 살고 있는 아이올리아 섬에 닿았습니다. 그 섬에서는 매일 잔치가 벌어지고 있었고 즐거운 웃음소리가 그치지 않았습니다. 마침 아이올로스가 자신의 아들들과 딸들을 결혼시키고 그것을 축하하고 있던 참이었지요. 즐거운 웃음소리와 함께 고기 굽는 냄새가 진동하는 가운데 우리는 그곳에 도착했던 것입니다.

　　아이올로스는 우리를 반갑게 맞아주었습니다. 즐거울 때 방문한 손님은 환대를 받기 마련이니까요. 우리는 그곳에서 한 달 동안 즐겁게 지냈습니다. 그는 트로이 전쟁이며 우리의 귀환에 대해 꼬치꼬치 물었고 나는 자세히 이야기를 들려주었답니다.

그 섬에 머문 지 한 달이 되었을 때 나는 이제 그만 돌아가 봐야겠다고 그에게 말했지요. 그리고 우리가 무사히 귀향할 수 있도록 도움을 달라고 했습니다. 그는 정말 큰 도움을 우리에게 주었답니다. 그에게는 어떤 바람이든 마음대로 잠재우고 일으킬 수 있는 재능이 있었습니다. 제우스 신께서 그에게 준 능력이었지요. 그는 아홉 살 된 황소 가죽을 벗겨내어 자루를 만들었습니다. 그러고는 그 안에 바람들을 가두어 묶더니 그 자루를 내게 건넸습니다. 그렇게 그는 사나운 바람들은 모두 자루에 가두고 부드러운 서풍만 입김을 불어 보내주었답니다. 순조로운 항해가 이어지자 무사히 고향으로 돌아갈 수 있다는 생각에 나는 너무 기뻤습니다.

그의 섬을 떠난 지 열흘째 되는 날 드디어 우리 눈앞에 고향 땅이 모습을 나타냈습니다. 그야말로 순풍에 돛 단 듯 어려운 게 아무것도 없었지요. 오랜 항해에 지쳐 있던 나는 고향 땅의 모습을 보자 그만 단잠에 빠져버렸습니다. 아, 인간이 얼마나 어리석은 존재인지 알았다면 결코 잠에 빠지지 않았을 텐데⋯⋯.

내가 잠든 사이 병사들은 "도대체 저 자루 속에는 뭐가 들었지?" 하며 궁금해했습니다. 내가 거기에 무엇이 들었는지 말해 준 적이 없었고 더욱이 열어 보여준 적도 없으니 궁금증은 더

커졌지요. 그들은 내가 아이올로스에게서 값나가는 보물들을 선물로 받았다고 생각한 모양입니다. 똑같이 고생했는데 나 혼자 값진 보물을 독차지한다는 생각에 시기심이 생긴 거지요. 결국 참다못한 그들은 그 자루를 풀고야 말았습니다. 아, 그 순간 그 안에 갇혀 있던 거센 바람들이 한꺼번에 폭발하듯 터져 나와버렸지요!

잠에서 깨어난 나는 정말로 죽고 싶었습니다. 겨우 고향 땅을 눈앞에 두었는데 사나운 바람에 다시 멀어지고 말다니……. 아, 인간이란 얼마나 어리석은지!

거센 역풍을 맞은 우리는 아이올리아 섬으로 다시 밀려가고 말았지요. 나는 염치불구하고 아이올로스의 궁으로 다시 찾아갔습니다. 지금쯤 무사히 고향에 도착했으려니 믿고 있던 내가 모습을 드러내자 모두들 깜짝 놀라 물었습니다.

"오디세우스! 어째서 다시 돌아온 거요? 어떤 사악한 신께서 심술을 부리시던가요? 그대가 가고 싶은 곳이면 어디든 갈 수 있도록 정성을 다해 도와주었는데……."

나는 부끄러움을 무릅쓰고 자초지종을 말해주었지요. 그러자 아이올로스가 말했습니다.

"이 섬에서 당장 사라지시오. 신께 미움받는 인간을 보살펴

줄 권한이 내게는 없소! 그대는 분명 신의 미움을 받아 다시 이
곳으로 오게 된 거요!"

우리는 비통한 마음으로 항해를 계속할 수밖에 없었습니다.
엿새 동안 거친 바다를 떠돈 끝에 라이스트리고네스족이 살
고 있는 텔레필로스에 도착했지요. 그곳에 상륙하자 나는 병사
2명을 뽑아 어떤 사람들이 살고 있는지 알아보라고 전령과 함
께 보냈습니다. 그러나 그건 불난 집에 부채질 하는 꼴이 되고
말았죠. 그 섬을 다스리는 안티파테스는 우리가 그곳에 온 것
을 알고는 사람들을 모아 우리 배를 공격해 왔습니다. 암벽 위
에서 집채만 한 돌덩이들을 우리에게 사정없이 던져 우리 함선
들은 거의 다 부서지고 말았지요. 게다가 내 병사들을 마치 물
고기처럼 작살로 꿰어 잡아갔죠. 저 키클롭스처럼 그들을 식량
으로 삼으려는 거였습니다. 우리는 또다시 사람을 잡아먹는 괴
물들의 나라로 갔던 것입니다. 나는 황급히 배에 올라 바위에
묶어 놓았던 밧줄을 끊고 병사들에게 열심히 노를 젓게 했습니
다. 그렇게 해서 내 배는 겨우 그곳에서 빠져나올 수 있었지만
다른 배들은 모두 결딴나고 말았답니다.

우리는 수많은 동료들을 또 잃고 말았습니다. 하지만 죽음에서 벗어난 것을 다행으로 알고 항해를 계속했습니다. 항해 끝에 우리는 마법의 요정 키르케가 살고 있는 아이아이아 섬에 닿았습니다. 그곳에서 이틀을 쉬며 피로를 달랜 후 나는 높은 곳에 올라가 우리가 도대체 어디에 도착한 것인지 알아보려고 사방을 둘러보았습니다. 그때 저 멀리로 키르케의 궁전이 보였습니다.

나는 하루를 더 곰곰이 생각한 끝에 모험을 하기로 작정했습니다. 병사들에게 궁전으로 한번 가보자고 하자 그들은 두려움에 몸을 떨었습니다. 사람을 잡아먹는 라이스트리고네스족과 키클롭스에게 그렇게 혼이 났으니 그럴 만도 했지요. 나는 힘을 내라고 용기를 불어넣은 후 병사들을 둘로 나누었습니다. 한 무리는 내가 직접 지휘하고 나머지는 에우릴로코스에게 지휘를 맡겼습니다. 나와 에우릴로코스는 제비뽑기를 했습니다. 그 결과 에우릴로코스가 궁전으로 가게 되었습니다. 그는 두려움에 떠는 병사들을 데리고 키르케의 궁전으로 향했고 나머지 우리는 그 자리에 남았습니다.

그들이 키르케의 궁전에 도착하자 아름다운 노랫소리가 들려왔습니다. 키르케가 베를 짜면서 부르는 노래였지요. 병사들이 문 앞에서 큰 소리로 부르자 그녀가 나타났습니다. 그러고는 안으로 들어오라고 했지요. 다들 궁 안으로 들어갔습니다. 에우릴로코스만이 무언가 수상해서 일부러 뒤로 처졌어요. 그녀는 병사들을 자리에 앉히고는 치즈와 포도주를 대접했습니다. 허기가 져 있던 병사들은 허겁지겁 먹고 마셨지요. 그런데 그녀가 준 포도주에는 무서운 약이 들어 있었습니다. 바로 자신의 고향땅을 완전히 잊어버리게 만드는 마약이었어요. 병사들이 치즈와 포도주를 다 먹고 마시자 그녀는 그들을 지팡이로 때렸습니다. 그 순간 그들은 모두 돼지로 변했고 그녀는 그들을 돼지우리에 가두어버렸습니다.

뒤처져 있던 에우릴로코스는 재빨리 도망쳐서 우리에게로 돌아왔습니다. 그는 눈물을 흘리면서 그동안 벌어진 일을 이야기해주었습니다. 나는 그의 이야기를 듣자마자 활을 어깨에 메고 칼을 집어 들었습니다. 그런 다음 그에게 길을 안내하라고 말했습니다. 그러나 겁에 질린 그는 내 무릎을 붙잡고 어서 달아나자고 애원했지요. 나는 그를 그대로 둔 채 홀로 궁전으로 향했습니다.

내가 막 키르케의 궁전에 도착하려는 순간 한 젊은이가 내게 다가와 말했습니다.

"불행한 자! 그대는 지금 어디로 가고 있는가? 그대 역시 저 궁으로 가면 어김없이 돼지가 되어 갇힐 것이다. 내가 그대를 재앙에서 구해주겠다. 내가 주는 이 약을 가지고 궁전으로 가라. 이 약을 먹으면 그녀가 주는 마약의 마법을 깨뜨릴 수 있을 것이다. 그러면 그녀는 지팡이를 들어 그대를 때리려들 것이다. 하지만 그대는 절대로 물러서면 안 된다. 즉시 칼을 빼어 들고 덤벼들어라. 그러면 그녀는 그대를 잠자리로 끌어들일 것이다. 그대는 거부하지 말고 그녀를 즐겁게 해주어라. 대신 그대 동료들을 본래 모습으로 돌려달라고 요구해라."

나는 그의 말을 듣고 그가 헤르메스 신이라는 사실을 당장에 알아보았습니다. 위기의 순간 은혜로운 신께서 내게 도움을 주러 나타난 것이었지요. 아, 자비로우신 헤르메스 님! 헤르메스 님께서는 땅에서 약초를 뽑더니 나에게 주셨습니다. 신들 사이에서 몰리라고 부르는 약초였습니다. 나는 약초를 받아들고 용기백배해서 키르케의 궁전으로 갔습니다.

내가 궁전 앞에서 큰 소리로 이름을 부르자 키르케가 나타나 나를 안으로 인도했습니다. 그리고 마법의 약을 탄 술을 내게 권했습니다. 그러나 그녀가 주는 술을 다 받아 마셔도 나는 마법에 걸리지 않았습니다. 그러자 그녀는 지팡이로 나를 때리며 "돼지가 되어라!"라고 말했습니다. 나는 칼을 빼어 들고 사납게 그녀에게 달려들었습니다. 그러자 키르케가 비명을 지르더니 내 무릎을 붙들고 말했습니다.

"이 약을 먹고도 마법에 걸리지 않다니 당신은 대체 누구죠? 혹시 당신, 지혜로운 오디세우스 맞죠? 당신이 트로이에서 고향으로 돌아가는 길에 이리로 올 거라고 헤르메스 님이 늘 말하곤 하더니……. 자, 칼을 도로 집어넣어요. 그리고 나와 함께 잠자리로 가요."

나는 그녀에게 대답했습니다.

"키르케, 이 상황에서 내가 어떻게 당신을 웃는 얼굴로 대할 수 있겠소? 당신은 내 병사들을 돼지로 만들어버렸소. 내가 이대로 당신과 잠자리에 든다면 나는 당신의 유혹에 넘어간 비겁한 자가 되지 않겠소? 자, 그들을 다시 인간으로 만들어주고 내게 다른 고통과 재앙을 안기지 않겠다고 엄숙히 맹세하시오. 그러지 않는 한 나는 절대로 당신이 원하는 대로 하지 않겠소!"

그러자 그녀는 궁전 밖으로 나가 돼지우리 문을 열더니 돼지로 변한 병사들에게 약을 발라주었습니다. 그러자 그들은 다시 전처럼 늠름한 전사의 모습을 되찾았습니다.

나는 즉시 남아서 나를 기다리고 있던 병사들에게 돌아가 말했습니다.

"자, 다들 어서 키르케의 궁전으로 가자. 돼지로 변했던 동료들도 다시 용감한 전사가 되어 즐겁게 먹고 마시고 있을 테니까!"

처음에는 무서워하던 병사들이 마침내 내 말에 복종했습니다. 단지 늘 내 의견에 토를 달곤 하던 에우릴로코스만이 이렇게 말하며 대들었습니다.

"전에도 우리를 키클롭스의 먹이로 만들더니 이번에는 모두소, 돼지로 만들 셈입니까?"

나는 괘씸해서 단칼에 그를 베어버리고 싶었습니다. 하지만 한 명의 병사라도 아쉬웠던 나는 그를 달래서 함께 키르케의 성으로 갔습니다. 하, 그때 그를 베어버렸으면 나중에 더 큰 재앙을 맞지 않았을 텐데!

우리를 맞은 키르케는 그동안 우리가 얼마나 고생을 했는지 잘 알고 있다며 이곳에서 즐겁게 먹고 마시면서 기력을 회복하라고 상냥하게 말해주었지요. 그리하여 우리는 매일 맛있는 고기와 더없이 달콤한 술을 맛보며 1년을 그곳에서 보냈습니다. 1년이 되자 사랑하는 동료 병사들이 나를 불러내더니 이렇게 말하더군요.

"오디세우스, 어쩌자고 이곳에 이렇게 오래 머물러 있는 건가요? 고향을 아예 잊어버렸단 말입니까? 이제 그만 이곳을 떠날 때가 되지 않았나요?"

내가 고향을 잊을 리 없었지요. 나도 이제 그만 귀향길에 나서야겠다는 생각을 하고 있었답니다. 나는 당장 키르케에게 달려가 그녀의 무릎을 붙잡고 눈물을 흘리며 말했습니다.

"키르케, 나를 영원히 붙잡아둘 작정은 아니겠지요. 이제 그만 집으로 보내주시오. 동료들도 모두 나를 원망하며 애원하고 있소."

그러자 그녀가 말했습니다.

"오디세우스, 더 이상 당신들을 잡아두지 않겠어요. 이제 그만 떠나요. 하지만 곧장 집으로 갈 수는 없어요. 당신은 눈먼 예언자 테이레시아스의 영혼을 만나 그의 조언을 들어야만 해요. 그리고 그를 만나려면 하데스와 페르세포네가 살고 있는 죽음의 나라로 가야만 해요."

페르세포네는 1년의 절반은 지상의 어머니 데메테르 곁에 머물고 나머지 절반은 하데스의 궁에 머무는 무서운 여신이지요. 하데스와 페르세포네가 살고 있는 곳으로 가야만 하다니! 죽음의 나라로 가야만 하다니! 그래야만 고향에 돌아갈 수 있다니! 나는 그만 맥이 풀려 나도 모르게 울음을 터뜨렸습니다. 하지만 곧 기운을 내서 키르케에게 물었습니다.

"당신 말대로 따르겠소. 그러나 어떻게 하면 그곳에 갈 수 있는지 안내를 해주시오. 누구도 하데스의 땅에 가본 적이 없으니까."

그러자 그녀가 바로 대답했지요.

"슬기로운 오디세우스, 아무 걱정할 필요 없어요. 그냥 배를 띄우고 앉아 있기만 하면 돼요. 북풍이 불어와 당신들을 그곳으로 데려갈 거예요. 배가 하데스의 궁으로 흐르는 오케아노스 강가에 닿으면 그곳에 상륙하면 돼요."

그런 다음 그녀는 내가 그곳에 도착하면 어떻게 해야 하는지 일러주었죠.

"하데스의 궁 근처에 가면 넓은 구덩이를 하나 파요. 그런 다음 그 구덩이에 죽은 자들에게 바치는 술을 부어요. 먼저 꿀 우유를 붓고 다음에 달콤한 포도주를 부어요. 마지막으로 물을 붓고 그 위에 흰 보릿가루를 뿌리도록 해요. 그러고 나서 기도해요. 당신들이 무사히 이타카로 돌아가게 된다면 모든 죽은 이들을 위해 제물을 바치는 의식을 치를 것이며, 그중 가장 뛰어난 제물을 테이레시아스에게 바치겠다고 맹세해요. 그런 후 숫양 한 마리와 검은 암양 한 마리를 제물로 바쳐요. 그러면 이미 세상을 떠난 이들의 영혼이 당신에게 다가올 거예요.

그들이 다가오면 당신은 병사들에게 하데스와 페르세포네를 향해 기도를 하라고 명령해요. 그런 다음 당신은 테이레시아스의 영혼이 하는 말을 들어야만 해요. 그러자면 당신은 칼을 빼어 들고 다른 어떤 영혼도 제물이 흘린 피 근처에 가까이 오지 못하게 막아야 해요. 그러면 예언자의 영혼이 나타나 당신들의 여정이 어떻게 될지, 어떻게 하면 바다를 건널 수 있을지 말해 줄 거예요."

나는 병사들에게 가서 키르케의 말을 전해주었습니다. 저승으로 가야만 한다는 내 말에 병사들은 잔뜩 겁에 질려 울음을 터뜨렸습니다. 나는 그들을 겨우 달래서 우리 배가 있는 곳으로 갔습니다. 배에 가보니 키르케가 이미 배 옆에 제물로 바칠 숫양 한 마리와 검은 암양 한 마리를 갖다놓았더군요.

저승에 대해 이야기하다

우리는 제물들을 배에 실은 후 배에 올라 돛을 펼쳤지요. 키르케가 시킨 대로 우리는 배에 가만히 앉아만 있었답니다. 북풍이 불어와 우리를 하데스의 땅으로 인도했습니다. 우리는 온통 어둠에 휩싸인 죽음의 나라에 도착했습니다. 그곳에 상륙한 우리는 키르케가 일러준 장소까지 걸어갔습니다. 그리고 키르케가 일러준 대로 했지요. 구덩이를 파서 술 등을 부은 다음 맹세를 하고 제물을 바쳤습니다. 제물들에서 검은 피가 흘러내리자 이미 세상을 떠난 자들의 영혼들이 몰려들기 시작했습니다. 피를 마시려고 몰려든 거지요. 온갖 남녀노소들의 영혼과 전쟁터에서 죽은 전사들의 영혼이 고함을 지르며 구덩이 주변으로 몰려들기 시작한 겁니다. 병사들은 공포에 파랗게 질렸습니다.

나는 병사들에게 빨리 하데스와 페르세포네에게 기도하라고 명령하면서 칼을 빼어 들었습니다. 그러고는 구덩이로 몰려드는 영혼들을 저지했습니다. 영혼들 중에는 사랑하는 내 병사들도 있었고 어머니도 있었지만 테이레시아스의 말을 듣기 전까지는 그들이 피에 접근 못하게 막아야 했습니다.

그때 테이레시아스의 영혼이 황금 홀을 들고 내게 다가왔습니다. 나를 알아본 그가 말했습니다.

"제우스의 후손 라에르테스의 아들, 지혜가 뛰어난 오디세우스! 어떤 운명이 그대를 이 어두운 죽음의 나라로 이끌었는지! 그대가 왔으니 내 제물의 피를 마신 후 그대에게 진실을 말해 주겠소!"

나는 칼을 칼집에 도로 집어넣었습니다. 그러자 그가 피를 마신 후 말했습니다.

"오디세우스, 그대는 달콤한 귀향을 꿈꾸고 있겠지만 결코 순탄하지 않을 것이오. 포세이돈 신의 사랑하는 아들의 눈을 멀게 했으니 그의 노여움을 감수해야 할 거요. 그러나 고생 끝에 결국 고향에 돌아갈 수는 있을 거요. 단 조심할 것이 있소. 그대의 배가 트리나키아 섬에 도착하면 소 떼와 다른 가축들이 풀을 뜯어먹는 것을 볼 수 있을 거요. 그것들을 절대 건드리지 마시오. 이것만 유의한다면 고생은 되더라도 그대들은 고향에 갈 수 있을 것이오. 하지만 만일 그것들을 해친다면 그대와 그대 병사들의 앞날은 파국을 맞을 거요. 설사 그대 혼자만 파탄에서 벗어난다 할지라도 그대는 병사들을 다 잃은 후 비참하게 남의 배를 타고 돌아가게 될 것이오.

그대가 집으로 돌아간 뒤의 운명에 대해서도 말해주겠소. 그대는 귀향하자마자 그대 아내를 괴롭히며 그대 재산을 먹어치우고 있는 청혼자들을 응징할 수 있을 거요. 그러고 나면 손에 꼭 맞는 노 하나를 들고 바다와는 반대쪽 길을 향해 떠나시오. 가는 도중 만나는 어떤 나그네가 당신 노를 보고 '곡식 터는 도리깨를 가지고 있군요'라고 말하거든 즉시 그 노를 땅에 박은 후 포세이돈 신에게 숫양 한 마리와 수소 한 마리와 수퇘지 한 마리를 제물로 바치는 의식을 올리시오. 그런 다음 집으로 돌아가 모든 신들에게 차례대로 제물을 바치도록 하시오."

그가 말을 마치자 나는 물었습니다.

"테이레시아스, 신들께서 손수 짜놓으신 운명의 실들이니 그대로 따를 수밖에 없겠지요. 그렇지만 한 가지 묻겠습니다. 저 많은 영혼들 중에 내 어머니의 영혼도 보입니다. 그런데 왜 어머니께서는 잠자코 계시는 겁니까? 왜 내게 말을 걸지 않으시는 겁니까?"

그러자 그가 대답했습니다.

"저 영혼들은 제물의 피를 마시기 전에는 그대에게 말을 걸 수 없소. 저들이 제물의 피에 접근하도록 그대가 내버려둔다면 저들은 피를 마신 후 그대에게 숨김없이 이야기를 해줄 것이오."

말을 마친 그는 하데스의 궁으로 돌아갔습니다.

나는 칼을 칼집에 넣고 꼼짝 않고 있었습니다. 그러자 어머니께서 다가오셔서 제물의 검은 피를 마셨습니다. 피를 마시자 어머니는 당장 나를 알아보더니 울면서 말씀하셨습니다.

"내 아들아! 살아 있는 네가 어떻게 이 어둠의 세계로 내려왔느냐? 트로이에서 고향으로 가는 길이냐? 아직 고향에 닿지도 못하고 아내도 만나지 못했단 말이냐?"

어머니께서 말씀하시자 나는 대답했습니다.

"어머니! 테이레시아스의 영혼에게 제 운명을 묻기 위해 할 수 없이 내려온 것이랍니다. 어머니, 제가 고향을 떠날 때는 살아계셨는데 어쩌다 돌아가시게 된 거죠? 제 아내는 아들과 함께 아직 저를 기다리고 있나요? 아니면 다시 결혼을 했나요?"

그러자 어머니께서 대답해주셨습니다.

"사랑하는 아들아, 네 아내는 아직 정절을 지키며 궁전을 떠나지 않고 있단다. 그렇지만 청혼자들 때문에 언제나 괴로움의 눈물을 흘리며 지내. 내가 죽은 건 죽음의 신이 나를 갑자기 부르신 때문도 아니고 병 때문도 아니란다. 너를 그리워하다가 그 그리움이 내 목숨을 빼앗아갔단다."

어머니는 아버지가 시골로 내려가셨다는 이야기도 해주셨지요. 나는 어머니를 포옹하려 했습니다. 그러자 어머니는 "영혼은 잡을 수가 없는 법이란다"라고 말씀하신 후 사라져버렸습니다.

어머니가 사라지자 많은 영혼들이 한꺼번에 몰려왔습니다. 처음에는 여인들의 영혼이 먼저 나타났지요. 나는 다시 칼을 빼어 들고 막으며 하나씩 차례대로 피를 마시게 했답니다. 그래야 제대로 이야기를 나눌 수 있을 테니까요. 하지만 아, 내가 그곳에서 만났던 수많은 영혼들의 이야기를 어떻게 다 전할 수 있겠습니까?

오디세우스가 여기까지 이야기하자 아레테 왕비가 말했다.

"여러분 어때요? 정말 모진 풍파를 겪은 지혜로운 분이지요? 나는 이분 이야기를 듣고 진심으로 값나가는 선물을 드려야겠다고 생각했어요. 여러분도 내 의견에 동의하시지요? 여러분도 각자 선물을 마련하세요."

그러자 알키노오스가 맞장구를 쳤다.

"내가 살아서 파이아케스족을 통치하고 있는 한 그녀가 한 말은 곧 내 말과 같소. 오디세우스, 내 꼭 당신의 이야기를 빠짐없이 듣고 싶으니 아무리 떠나고 싶어도 하루만 더 머물러주시오. 그때까지 우리가 줄 선물을 마련해놓도록 하겠소."

오디세우스는 1년을 더 머물라고 해도 그대로 따를 것이며 선물은 기꺼이 받아들이겠다고 대답했다. 그러자 알키노오스가 말했다.

"오디세우스! 나는 아무도 가보지 않은 저승에 대한 당신의 이야기가 조금도 거짓이라고 생각하지 않소. 더욱이 당신 이야기는 더없이 우아하며 지혜까지 전해준다오. 자, 그러니 이야기를 계속해주시오. 다른 영혼들은 몰라도 트로이에서 그대와 함께했다가 그곳에서 운명을 달리했던 용사들 이야기는 해주시오. 내 아무리 힘이 들어도 새벽까지 버티겠소."

그러자 오디세우스가 이야기를 계속했다.

여인들의 영혼이 물러나자 이번에는 아가멤논의 영혼이 괴로워하며 다가왔습니다. 나는 깜짝 놀랐습니다. 그렇다면 아가멤논도 죽었단 말인가? 아가멤논의 영혼은 검은 피를 마시자 금방 나를 알아보았습니다. 나는 도대체 어떤 운명이 그를 죽음의 나라로 보낸 것이냐고 그에게 물었습니다. 그가 전쟁에서 이긴 후 많은 전리품을 챙긴 채 의기양양하게 귀향길에 오른 것을 직접 보았기에 정말 궁금했습니다. 그러자 그는 대답했습니다.

"오디세우스! 나는 포세이돈이 일으킨 파도에 죽은 것도 아니고 싸우다가 죽은 것도 아니오. 내 아내가 아이기스토스의 유혹에 넘어간 때문이오. 아이기스토스가 내 악독한 아내와 짜고 내게 죽음의 운명을 가져다주었소. 그가 나를 자기 집으로 초대하여 잔치를 베풀더니 내 병사들과 나를 소 잡듯이 죽여버렸소. 아, 남편이 전쟁터로 가서 고난을 겪는 사이 다른 남자와 정을 통하고, 돌아온 남편을 죽일 음모를 꾸미다니! 교활한 클리타임네스트라!"

나는 대답했습니다.

"아! 아트레우스 가문은 여인의 사악한 계략으로 끊임없이 고통받는군요. 제우스 님의 뜻이 그러하시니 어쩔 수 없는 일이지만요. 당신 동생 메넬라오스의 아내 헬레네 때문에 우리의 병사들이 그토록 수없이 고통받고 죽었는데 이번에는 클리타

임네스트라가 그대에게 덫을 놓다니."

그러자 그가 말했습니다.

"내 당신한테 충고 하나 하겠소. 당신도 앞으로 부인에게 너무 상냥하게 대하지 마시오. 아내에게 모든 것을 다 알려주면 안 되오. 숨길 것은 숨겨야 하오. 아, 당신 부인 페넬로페는 지혜롭고 정숙하니 내 충고가 별 소용은 없을 것 같긴 하지만."

그의 영혼이 사라지자 아킬레우스, 파트로클로스와 안틸로코스, 아이아스의 영혼들이 다가왔습니다. 그중에 제일 먼저 피를 마시고 나를 알아본 이는 아킬레우스였지요. 다른 영혼들과 마찬가지로 어떻게 살아 있는 사람이 저승에 내려오게 되었냐고 그의 영혼이 물었습니다. 나는 사연을 말해주었지요. 그리고 그를 위로했습니다. 나는 그의 영혼에게, 당신은 살아서뿐 아니라 죽어서도 강력한 통치자로 지내고 있으니 너무 슬퍼할 것 없다고 말해주었지요. 그러자 그가 대답했습니다.

"오디세우스, 죽음에 대해 그럴듯하게 이야기하지 마시오. 세상을 떠난 자들을 다스리느니 차라리 저 지상에서 남의 머슴이 되어 품이라도 팔면서 살고 싶소. 자, 내 궁금해서 그러니 내 아들 네오프톨레모스와 아버지 펠레우스의 소식 좀 전해주시오."

나는 그의 아버지 소식은 들은 바가 없다고 말해주었습니다.

그리고 그의 아들 소식을 들려주었습니다.

"당신의 사랑하는 아들 네오프톨레모스는 정말 지혜로웠소. 우리 그리스 장군들이 회의를 할 때면 언제나 조리가 있었지요. 그보다 말을 잘하는 사람은 나와 네스토르뿐이었소. 게다가 전쟁터에서는 그 누구보다 용감했고. 우리가 프리아모스의 도시 트로이를 점령하자 그는 자기 몫의 전리품을 챙긴 후 아주 건강하게 귀향했답니다."

이렇게 모든 영혼들이 앞다투어 내게 궁금한 것들을 차례차례 물었는데 오직 아이아스의 영혼만은 저만치 떨어져 나를 거들떠보지도 않더군요. 아직 내게 원한을 품고 있는 게 분명했습니다. 아킬레우스의 갑옷과 투구를 누가 차지하느냐를 놓고 벌어진 판결에서 내가 이기자 품은 원한이었지요. 나는 아이아스의 영혼에게 상냥하게 말을 건넸습니다.

"아이아스, 당신은 아직도 아킬레우스의 갑옷과 투구를 내가 차지한 데 대해 원한을 품고 있소? 죽어서도 잊지 못할 만큼 원한이 컸단 말이오? 당신을 잃었을 때 우리는 아킬레우스가 죽었을 때만큼 슬퍼했소. 그런데 당신은 여태껏 한을 품고 있단 말이오? 그 모든 것은 신들께서 내리신 운명이니 이제 그만 받아들이도록 하시오."

아, 그러나 그는 한마디 말도 없이 다른 영혼들을 따라 하데스의 궁으로 돌아가버렸지요. 나는 그 외에도 많은 영혼들을 만났습니다. 저승의 판관이 된 제우스 님의 아들 미노스 왕이 죽은 자들에게 판결을 내리는 것도 보았고, 탄탈로스가 끊임없는 허기와 갈증에 시달리는 벌을 받으며 고통스러워하는 것도 보았죠. 산 위로 돌덩이를 밀어 올리면 다시 굴러내려 또다시 위로 밀어 올리기를 반복해야 하는 형벌을 받고 있는 시시포스도 보았고, 활을 들고 사방을 날카롭게 살펴보는 헤라클레스도 만났지요. 나는 다른 영웅들도 만나보고 싶어서 곧바로 떠나지 않고 기다렸죠. 그런데 헤아릴 수 없이 많은 영혼들이 무시무시한 고함을 지르며 내게 달려드는 게 아니겠습니까? 겁에 질린 나는 쏜살같이 배 있는 곳으로 달려가서 올라타고는 묶어둔 밧줄을 풀었습니다. 그런 다음 병사들에게 열심히 노를 젓게 해 강을 거슬러 올라갔습니다.

세이렌 자매, 스킬라, 카리브디스 이야기

강을 거슬러 올라 바다에 이르자 우리는 아이아이아 섬으로 배를 몰았습니다. 우리가 하데스의 나라에서 돌아온 것을 안 키르케는 빵과 포도주를 가져와 우리에게 주더니 말했습니다.

"대담한 남자들, 산 채로 죽음의 나라에 내려갔다 왔군요. 인간은 한 번 죽게 되어 있는데 당신들은 두 번 죽는 셈이네요. 자, 오늘은 실컷 먹고 마시도록 해요. 날이 새는 대로 배를 타고 길을 떠나게 될 테니."

실컷 먹고 마신 후 모두들 잠자리에 들자 키르케가 내 손을 잡으며 말했습니다.

"당신은 우선 세이렌 자매에게 가게 될 거예요. 그들은 가까이 오는 사람은 모두 아름다운 목소리로 유혹해요. 그 목소리에 홀리면 꼼짝없이 죽고 말죠. 그러니 그 곁을 지날 때 병사들 귀를 밀랍으로 막아요. 하지만 다시 듣기 어려운 너무나 아름다운 노래라서 당신은 한번 들어보고 싶을지도 몰라요. 좋아요. 그렇다면 들어봐요. 하지만 조심해야 해요. 병사들을 시켜서 돛대에 당신을 꽁꽁 묶어놓으라고 해요. 그리고 절대로 당신을 풀어주지 말라고 단단히 명령해놔요. 그런 다음에야 안심하고 노래를 즐길 수 있을 거예요.

세이렌 자매 곁을 무사히 통과하면 바닷길은 두 갈래로 갈라진답니다. 두 갈래 중 어디로 갈 것인지는 당신 스스로 결정해요. 한쪽은 깎아지른 절벽들 사이로 무시무시한 파도가 넘실거리는 길이죠. 그리로 갔다가 무사히 통과한 배는 아직 없어요.

다른 한쪽 길도 깎아지른 두 바위가 있는 길이에요. 그중 한 바위 중간에 동굴이 있죠. 그 동굴 안에는 무시무시한 울음소리를 내는 스킬라가 살고 있어요. 머리 여섯에 발이 열둘 달린 괴물이지요. 아무도 배를 타고 그 옆을 무사히 통과하지 못했어요. 머리 하나로 한 명씩 사람들을 낚아채 가니까요. 스킬라의 동굴이 있는 반대편에는 조금 낮은 바위가 있어요. 하지만 그쪽으로는 가지 마요. 그곳에는 카리브디스가 살고 있는데 하루 세 번씩 물을 빨아들이고 내뱉거든요. 그러니 위험하더라도 스킬라 동굴 쪽 바위에 붙어서 가요. 병사를 다 잃는 것보다는 6명만 잃는 게 낫지 않겠어요?"

나는 키르케에게 물었습니다. 병사를 잃게 된다는 말에 가슴이 아팠기 때문이지요.

"여신님! 솔직히 말해주시오. 카리브디스에게서 무사히 벗어날 수 있는 방법은 없는 거요? 스킬라를 물리칠 방법은 없는 거요?"

그러자 키르케가 대답했습니다.

"대담한 오디세우스! 그렇게 힘든 일들을 겪고도 또 싸움 이야기를 하다니! 그들은 인간들이 아니에요. 여신들이죠. 인간이 신과 맞설 수는 없어요. 카리브디스에게서 벗어날 방법도 없고 스킬라를 막을 방법도 없어요. 공연히 우물쭈물하다가는 6개의 머리로 또다시 6명을 잡아갈 테니까요."

그녀가 다시 말을 이었습니다.

"그곳을 통과하면 당신은 세모꼴 모양의 트리나키아 섬에 닿게 될 거예요. 그곳에는 태양의 신 헬리오스의 수많은 가축들이 풀을 뜯고 있지요. 당신들은 정말 조심해야 해요. 신들이 손수 기르는 가축들이니 절대로 손대면 안 돼요. 그러면 무사히 이타카로 돌아갈 수 있어요. 하지만 만일 그것들을 해친다면 당신의 배와 병사들은 파국을 맞을 거예요. 설사 당신 자신은 벗어난다 해도 병사들을 다 잃고 나중에 아주 비참하게 귀향하게 될 거예요."

그녀가 이야기를 끝내자 어느새 새벽의 여신이 나타났습니다. 키르케는 자신의 성으로 돌아가고 나는 병사들과 배에 올라 출항 준비를 했습니다. 배가 출발하자 키르케가 순풍을 보내주어 배는 순조롭게 앞으로 나아갔지요.

나는 병사들에게 키르케에게 들은 세이렌 이야기를 해주었습니다. 그들도 눈앞에 닥칠 죽음의 운명을 미리 알고 대비해야 하니까요. 그사이에 우리는 세이렌 자매의 섬에 이르렀죠. 바다는 바람 한 점 없이 잔잔했어요. 나는 둥근 밀랍 덩어리를 작게 잘라 병사들의 귀를 막아주었습니다. 병사들은 나를 돛대에 단단히 묶고는 열심히 노를 저었지요. 그때 우리 배를 본 세이렌 자매가 낭랑한 목소리로 노래를 부르기 시작했습니다.

"자, 이리 와요, 칭찬이 자자한 오디세우스! 이곳에 배를 세우고 우리 목소리에 귀를 기울여요. 감미롭게 울려 퍼지는 우리 이야기를 즐겨요. 우리 이야기를 듣지 않고 이곳을 지나간 사람은 아무도 없답니다. 우리 목소리와 이야기를 즐긴 사람은 하나같이 더 유식해지죠. 우리는 이 세상 모든 일을 다 알고 있다니까요."

세이렌 자매의 노래를 듣고 있자니 나는 정말 달콤한 기분에 젖어들었습니다. 그리고 간절히 그 섬으로 가고 싶어졌지요. 그들의 노래와 이야기를 계속해서 듣고 싶었습니다. 나는 병사들에게 눈짓으로 풀어달라고 명령했습니다. 하지만 병사들은 더 열심히 노를 저었고, 어떤 병사는 나를 더 꽁꽁 묶었지요. 우리가 무사히 세이렌 자매 옆을 지나가고 더 이상 그들의 노랫소리가 들리지 않게 되자, 병사들은 귀에서 밀랍을 떼어낸 후 나를 밧줄에서 풀어주었답니다.

배가 잔잔한 세이렌 자매의 섬에서 벗어나자마자 이번에는 거센 물보라가 일고 큰 파도가 넘실대는 바다가 나타났습니다. 나는 병사들을 시켜 한쪽에는 카리브디스가 다른 한쪽에는 스킬라가 살고 있는 뱃길을 따라 배를 몰게 했습니다. 하지만 병사들이 겁을 먹고 노 젓는 일을 그만둘까봐 카리브디스와 스킬라 이야기는 해주지 않았습니다.

이윽고 우리 배는 그곳을 지나가기 시작했습니다. 나는 키르케의 당부도 잊은 채 갑옷과 투구를 입고 두 자루의 긴 창을 든 채 배 앞쪽으로 갔습니다. 그때 카리브디스가 바닷물을 빨아들이기 시작했지요. 금방 바닷속이 다 드러났습니다. 그녀가 다시 물을 내뿜자 바다는 소용돌이치며 끓어올랐고 물보라는 두 절벽 꼭대기까지 치솟았지요. 병사들은 모두 무서움에 얼굴이 하얗게 질려버렸어요. 그때 스킬라가 우리 배에서 병사 6명을 낚아채 갔답니다. 어느새 병사들은 허공에 매달려 버둥거리고 있었습니다. 내가 할 수 있는 일은 아무것도 없었지요. 스킬라의 동굴은 도저히 화살이 가 닿을 수 없는 거리에 있었으니까요. 우리는 6명의 사랑하는 동료가 스킬라의 먹이가 되는 것을 빤히 눈앞에 지켜보면서 그곳을 열심히 벗어날 수밖에 없었지요.

그 무시무시한 스킬라와 카리브디스를 벗어난 우리는 곧 세모꼴 모양의 트리나키아 섬에 도착했습니다. 키르케가 말한 대로 드넓은 들판에서 한가로이 소 떼와 양 떼가 풀을 뜯고 있었지요.

나는 병사들에게 키르케의 말을 전하고 그 섬을 그냥 지나치자고 했습니다. 그러자 항상 자기주장이 강한 에우릴로코스가 말했습니다.

"심하네요, 오디세우스! 당신 몸은 어디 쇳덩이로 만들어졌습니까? 우리는 모두 힘든 항해로 지쳐 있어요. 그런데 왜 저 섬에 상륙하여 잠시 쉬지도 말자는 겁니까!"

다른 병사들도 모두 그의 말에 찬성했습니다. 나 혼자서 그들을 설득할 수는 없었지요. 그래서 나는 그들에게 키르케가 준 음식 외에는 절대 손대지 말라고 신신당부한 후 섬에 상륙할 수밖에 없었습니다. 하룻밤만 지낸 후 이른 아침이면 출발할 계획이었지요.

우리는 섬에 오른 후 식사를 했습니다. 그런데 밤이 되자 무서운 폭풍우가 불어오기 시작했어요. 새벽이 되니 폭풍우는 더 강해져서 우리는 배까지 동굴 안으로 끌어들여야 했지요. 나는 병사들에게 절대로 소와 양에게 손대지 말라고 다시 명령한 후 그곳에 머물렀습니다.

그런데 한 달 내내 폭풍이 쉬지 않고 몰아쳐서 우리는 떠날 수가 없었습니다. 가지고 있던 식량도 바닥이 났지요. 병사들은 물고기와 새를 사냥해 허기를 때웠죠. 나는 신께 기도드리려고 산 위로 올라갔지요. 그런데 기도를 하고 나서 그만 잠이 들어 버렸어요. 내가 눈앞에 보이지 않자 에우릴로코스가 다른 병사들을 꼬였습니다.

"여러분! 우리는 죽을 고생을 하며 이곳에 도착했소. 하지만 죽음 중에 가장 비참한 건 바로 굶어죽는 거요. 자, 헬리오스의 소들을 잡아와서 제물 바치는 의식을 치른 후 우리의 허기를 채우기로 합시다. 설사 신들의 분노로 죽는 한이 있더라도 굶어죽는 것보다는 낫지 않겠소?"

다른 병사들이 반대할 리 없었지요. 그들은 곧 헬리오스 신의 소들을 잡아다가 제물을 바친 다음 구워서 먹었습니다. 잠에서 깬 내가 배 있는 곳으로 돌아오니 맛있는 냄새가 진동했습니다. 나는 신들을 원망할 수밖에 없었습니다.

"아, 아버지 제우스 님과 다른 신들 여러분! 어쩌자고 저를 잠재우셨습니까! 진정 저를 파탄으로 이끄시는 것이 당신들의 뜻이란 말입니까!"

나는 바닷가로 가서 병사들을 몹시 꾸짖었지만 이미 엎지른 물, 어쩔 도리가 없었지요. 그 뒤 엿새 동안 병사들은 자신들이 끌고 온 소들로 연일 잔치를 벌였답니다. 일곱째 날 드디어 돌풍이 잠잠해졌습니다. 우리는 즉각 돛을 올리고 배를 바다에 띄웠지요.

우리가 바다 한복판으로 나갔을 때 갑자기 요란한 서풍이 세찬 돌풍을 일으키며 날뛰더니 우리 돛대를 꺾어버렸습니다. 헬리오스 신께서 신의 가축을 죽인 인간들에게 벌을 내려달라고 제우스 님께 간청했고 제우스 님이 그분의 청을 들어주신 것이었지요. 제우스께서 천둥과 번개를 내렸고 병사들은 하나 남김없이 배에서 떨어지고 말았습니다. 그들은 마치 바다오리처럼 파도에 휩쓸려 떠다니다가 끝내 전부 목숨을 잃고 말았습니다.

나는 밧줄로 돛대에다 몸을 묶었습니다. 그저 돛대에 의지한 채 하염없이 바다 위를 떠돌 수밖에 없었지요. 나는 그렇게 아흐레 동안을 바다를 떠돌았답니다. 그리고 열흘째 되는 날 밤, 저 올림포스의 신들께서 나를 오기기아 섬에 데려다주셨지요. 칼립소가 살고 있는 바로 그 섬 말입니다. 칼립소 이야기는 내가 들려주었으니 더 이상 할 필요가 없겠지요.

이타카로 돌아가다

오디세우스가 이야기를 마치자 다들 잠자코 말이 없었다. 그의 이야기에 푹 빠져 있었던 것이다. 이윽고 알키노오스가 오디세우스를 무사히 귀향하도록 돕겠다고 말했다. 또한 원로들에게도 이렇게 훌륭한 이야기를 들려준 사람에게 많은 선물을 주어야 하지 않겠냐고 했다. 모두 동의했다.

다음 날 밤이 될 무렵 오디세우스는 배에 올랐다. 그는 배에 오르자마자 잠에 빠져들었다. 그사이 배는 매처럼 날렵하게 파도를 헤치고 나아갔다. 새벽의 여신이 대지를 찾아올 무렵 선원들은 잠든 오디세우스를 이타카 섬 가장 외진 곳에 내려놓았다. 그들은 그의 곁에 파이아케스 사람들이 준 수많은 보물들을 내려놓은 후 배를 몰고 돌아갔다. 아, 그러나 신의 노여움은 끝이 없었다! 오디세우스를 무사히 고향 땅으로 돌려보낸 것에 너무나 화가 난 포세이돈은 오디세우스를 실어다주고 돌아가던 배를 바위로 만들어버렸고 알키노오스의 도시를 산으로 에워싸버렸다.

오디세우스는 잠에서 깨어났다. 드디어 고향 땅에 발을 디딘 것이다. 하지만 그는 그곳이 어디인지 알아보지 못했다. 아테나 여신이 오디세우스 주변에 짙은 안개를 피워놓았기 때문이었다. 오디세우스는 탄식했다.

"아, 내 신세가 너무나도 슬프구나! 나는 또 어떤 낯선 곳에 온 것이란 말인가! 내 앞에 또 어떤 고난이 기다리고 있단 말인가!"

그는 자기 바로 옆에 파이아케스 사람들이 준 선물들이 잔뜩 쌓여 있는 것을 보았지만 그다지 반갑지 않았다. 그리고 비탄에 젖어 눈물을 흘렸다.

그때 아테나 여신이 귀여운 양치기 모습을 하고 그 앞에 나타났다. 그는 반가운 마음에 다가가 말했다.

"이보게! 그대는 내가 이곳에서 처음 만난 사람이네. 제발 내게 친절을 베풀어주게. 나는 지금 도대체 어디에 있는 건가? 여기에는 어떤 사람들이 살고 있는가?"

그러자 여신이 대답했다.

"이곳이 어디인지 모르다니, 당신은 정말 먼 곳에서 온 사람이군요. 이 이름난 곳도 모르다니. 여기는 풍요로운 땅 이타카랍니다."

그 말을 듣자마자 오디세우스는 뛸 듯이 기뻤다. 그는 조상들의 땅에 입을 맞추었다. 그러고는 양치기 모습을 하고 있는 아테나에게 길게 자신의 모험담을 떠벌리기 시작했다. 그러나 사실대로 이야기한 것이 아니었다. 오디세우스는 그럴듯하게 이야기를 지어내어 자기 자랑을 늘어놓은 것이다. 그러자 아테나 여신이 말했다.

"그대는 참으로 꾀가 많은 사람이야! 신이 그대와 지략 대결을 펼치더라도 온 힘을 다 기울여야만 할 거야! 자기 고향에 돌아와 있으면서도 말을 꾸며내고 있다니! 나도 지혜로는 신들 가운데 둘째가라면 서러운 존재니 그런 이야기는 이제 그만두도록 해. 나는 그대가 고난에 빠졌을 때 언제나 그대를 지켜준 아테나 여신이다! 내가 그대를 안개 속에 가두어둔 건 그대가 자신이 고향 땅에 돌아온 것을 바로 알아차리고는 혼자서 궁전으로 가는 걸 막기 위해서였어. 그대는 꾀가 많아. 하지만 그대는 자기 스스로의 꾀를 너무 믿고 있지. 그대는 자기 꾀에 스스로 넘어갈 위험이 많은 사람이야. 아직 그대 앞에는 어려운 일들이 많이 남아 있으니 이제부터 내가 시키는 대로 해!"

아테나 여신은 우선 파이아케스 사람들이 준 보물들을 동굴 속에 숨기라고 지시했다. 그런 다음 그의 궁전이 지금 어떤 상황에 처해 있는지 자세하게 설명해주었다. 더불어 그가 앞으로 해야 할 일을 자세히 일러주었다.

"오디세우스, 그대는 우선 그 파렴치한 청혼자들에게 어떻게 복수할 수 있을 것인지 그 방법을 생각해내야 해. 자, 그들에게 다가가려면 우선 그대를 알아보지 못하게 해야만 할 거야. 내가 그대를 누더기를 걸친 늙은 거지로 만들 거야. 그러나 그들을 찾아가기 전에 우선 그대의 돼지들을 지키고 있는 돼지치기에게 가도록 해. 그는 그대가 없는 사이에도 충성스럽게 그 돼지들을 지키고 있었어. 그곳으로 가서 그대 아들 텔레마코스를 기다리도록 해. 내가 그대 아들을 안전하게 그곳으로 데리고 갈 테니."

오디세우스는 아테나 여신의 명령대로 자신의 돼지들을 보살펴주고 있는 에우마이오스를 찾아갔고, 아테나 여신은 메넬라오스가 다스리는 라케다이몬, 곧 스파르타로 갔다. 텔레마코스를 무사히 데려오기 위해서였다.

오디세우스는 아테나 여신이 일러준 대로 곧장 돼지치기 에우마이오스를 찾아가 만났다. 선량한 돼지치기는 늙은 거지 모습을 한 오디세우스를 반갑게 안으로 맞아들였다. 그러고는 식사와 포도주를 대접했다. 오디세우스가 먹고 마시는 사이 그는 오디세우스에게 자신이 얼마나 불행한 처지에 빠져 있는지 이야기하기 시작했다.

"아, 우리 주인님께서는 지금 어디 계신 건지……. 살아 계시긴 한 건지……. 아마 돌아가신 게 틀림없을 겁니다. 그러니 청혼자들이 저렇게 마음대로 그분 재산을 축내고 있는 거죠. 나도 매번 제일 살찐 돼지들을 그들에게 바치면서 얼마나 분하고 원통한지 모릅니다! 그분은 정말이지 최고의 영웅이셨고, 나를 진짜 아껴주셨는데……."

에우마이오스의 입을 통해 자신의 이야기를 듣고 있자니 자기 정체를 밝히고 싶었다. 그리고 청혼자들을 향한 분노가 한층 더 크게 끓어올랐다. 하지만 오디세우스는 꾹 참았다. 밤이 되자 에우마이오스는 낯선 거지가 추위에 떨지 않도록 자신의 외투를 갖다 주고 불 옆에 잠자리를 마련해주었다. 오디세우스는 그가 준비한 침대에 누워 잠들었다.

그러는 사이에 아테나 여신은 라케다이몬으로 갔다. 청혼자들이 자신을 죽이려는 음모를 꾸미고 있는 줄 까맣게 모르는 텔레마코스가 무사히 이타카로 돌아올 수 있게 해주기 위해서였다. 아테나가 라케다이몬으로 갔을 때 텔레마코스는 메넬라오스로부터 푸짐한 선물을 받고 막 귀향길에 나서던 참이었다. 아테나는 텔레마코스에게 말했다.

"텔레마코스! 그대에게 해줄 말이 있다. 청혼자들이 이타카와 사모스 사이 해협에 매복한 채 그대를 죽이려고 기다리고 있다. 그러니 그대는 배를 그곳과 멀리 떨어진 다른 곳으로 피해 가도록 해라. 그리고 밤에도 쉬지 않고 항해해라. 신들이 그대를 보호해주고 순풍을 보내주실 것이다. 신들이 보내주는 바람을 따라 항해를 하여 이타카 섬 해변에 닿거든 배와 병사들은 시내로 보내라. 그런 후 그대는 홀로 먼저 돼지치기에게 가거라. 그곳에서 하룻밤을 지낸 뒤 어머니 페넬로페에게 그대가 무사히 돌아왔음을 알리도록 해라."

텔레마코스는 아테나가 시키는 대로 배를 몰았다. 그는 자신을 죽이려고 숨어 기다리고 있는 청혼자들을 피해 무사히 이타카 해변에 닿을 수 있었다. 텔레마코스의 명령에 따라 병사들은 다시 도시를 향해 배를 띄웠고, 텔레마코스는 홀로 길을 재촉해 돼지치기 농장에 도착했다.

오디세우스와 텔레마코스의 만남

텔레마코스가 농장 오두막에 도착했을 때 오디세우스와 돼지치기는 불을 피우고 아침 식사를 준비하는 중이었다. 텔레마코스를 알아본 에우마이오스는 그를 반갑게 맞이했다. 마치 자상한 아버지가 10년 만에 집에 돌아온 아들을 반기는 것 같았다.

셋은 식탁에 앉아 식사를 했다. 식사가 끝나자 텔레마코스가 에우마이오스에게 물었다.

"아저씨, 여기 이 손님은 어디서 온 거죠?"

그러자 에우마이오스가 대답했다.

"크레타 출신이라고 자랑하더군요. 무슨 신의 장난인지 여기저기 떠돌아다녔다고 하더군요. 그런데 왕자님, 이 손님이 왕자님 댁에 가보고 싶다고 하니 어쩌지요?"

텔레마코스가 말했다.

"안 돼요. 궁은 위험해요. 나는 아직 어려서 저 사람을 보호해줄 수도 없어요. 궁에는 교만하기 그지없는 청혼자들로 득실거리잖아요. 저 사람을 보면 얼마나 괴롭히겠어요? 그러면 나도 괴로울 거예요. 그들이 나보다 훨씬 강하니 내가 할 수 있는 일은 아무것도 없어요."

텔레마코스는 말을 이었다.

"아저씨, 어서 궁으로 가서 어머니께 내가 무사히 필로스에서 돌아왔다고 전해줘요. 나 때문에 얼마나 걱정하고 계시겠어요?"

텔레마코스의 말이 끝나자 돼지치기는 신발을 고쳐 신고 시내로 갔다.

에우마이오스가 떠나는 것을 본 아테나 여신이 오두막으로 다가갔다. 여신은 오두막 입구에 서서 오디세우스에게 나오라는 눈짓을 했다. 여신의 모습은 오디세우스에게는 보였지만 텔레마코스의 눈에는 보이지 않았다.

오디세우스는 그녀의 눈짓대로 마당으로 나갔다. 그가 여신 앞에 서자 그녀가 말했다.

"오디세우스! 이제 아들에게 그대의 모습을 드러낼 때가 되었으니 더 이상 감추지 마라. 그대들 두 사람이 청혼자들을 어떻게 해치울지 의논한 후 도시로 가도록 해라. 내가 옆에서 항상 도와줄 테니!"

그런 후 아테나 여신은 황금 지팡이로 그를 건드렸다. 그녀는 그에게 멋진 옷을 입혀주었으며 그의 체격을 한결 단단하게 해주고 더 젊게 만들어주었다. 피부는 짙은 갈색으로 윤기가 흘렀고 볼은 주름살 하나 없이 탱탱해졌다. 그리고 짙은 턱수염이 보기 좋게 돋았다. 그가 집 안으로 들어가자 텔레마코스의 눈이 휘둥그레졌다. 그는 놀라서 말했다.

"손님, 어떻게 그렇게 갑자기 모습이 바뀌셨죠? 당신은 인간이 아니시군요. 저 하늘에 사시는 신들 중 한 분이 틀림없어요. 아! 자비를 베풀어주십시오. 저는 항상 신들께 열심히 제물을 바치며 공경해왔습니다."

그러자 오디세우스가 대답했다.

"얘야, 나는 신이 아니다. 나는 네가 꿈속에서도 그리던 바로 네 아버지란다!"

오디세우스는 아들에게 입을 맞추었다. 눈물이 그의 두 볼을 흘러 떨어졌다. 텔레마코스는 아직 믿을 수가 없었다. 하지만 오디세우스가 아테나 여신의 이야기를 해주자 그제야 아버지의 목을 끌어안고 엉엉 울었다. 겨우 울음을 그친 텔레마코스가 어떻게 돌아올 수 있었느냐고 아버지에게 물었다. 오디세우스는 자초지종을 이야기해준 후에 덧붙였다.

"아테나 여신께서, 우리 둘이 그놈들을 없앨 방법을 생각해보라고 지시하셨단다. 과연 우리 둘만으로 그놈들을 물리칠 수 있을지, 아니면 남들의 도움을 구해야 할지 의논을 한번 해보자꾸나."

텔레마코스가 자기 생각을 말했다.

"아버지! 아버지께선 창을 정말 잘 쓰시죠. 게다가 지혜로우시다는 명성은 저도 들어서 잘 알고 있답니다. 하지만 아버지와 저 둘이서 그자들과 싸운다는 건 말이 안 돼요. 솔직히 말씀드릴게요. 청혼자들은 10명이나 20명 정도가 아닙니다. 100명도 넘어요. 그러니 아버지, 그자들을 물리치려면 우리 두 사람을 진심으로 도울 수 있는 사람이 누가 있을지 잘 생각해둬야 할 거예요."

"그래, 네 말도 옳아. 하지만 우리 곁에는 아테나 님과 제우스 님이 있단다. 만일 그분들께서 도와주시는 것만으로 부족하다는 생각이 들면, 도와줄 수 있는 사람이 누구인지 네가 곰곰이 생각해보려무나."

그러자 텔레마코스도 용기를 얻었다.

"아버지, 구름 속에 높이 앉아 계신 두 신들께서 도와주신다는 데 무슨 걱정이 있겠어요? 자, 그러면 제가 어떻게 하면 될까요?"

"내가 시키는 대로 해라. 날이 밝는 대로 궁으로 가거라. 가서 그 오만불손한 청혼자 놈들과 어울리도록 해라. 나는 돼지치기의 안내를 받아 나중에 따로 가마. 불쌍한 거지 노인으로 변장하고 갈 것이다. 틀림없이 청혼자들이 내게 모욕을 줄 거야. 그렇지만 너는 꾹 참아야 한다. 그자들이 내 발목을 붙들고 온 집 안을 끌고 다닐지도 몰라. 문밖으로 내칠지도 몰라. 그러더라도 꾹 참아라. 그자들이 물건을 던져 나를 맞힐지도 모른다. 하지만 화를 꾹꾹 눌러 담고 그자들에게 상냥하게 대해라. 놈들은 그게 바로 제 명을 재촉하는 짓인 줄 모르고 그러는 거니 화낼 것 없다.

내 한 가지만 더 일러주마. 이건 아주 중요한 일이다. 내가 너에게 머리를 끄덕이거든 홀 안의 모든 무기를 궁 맨 안쪽으로 들여놓도록 해라. 틀림없이 그자들이 궁금해하며 네게 이유를 물을 거야. 그러면 이렇게 답하도록 해라. '홀 안의 난로 연기 때문에 무기들이 너무 상했어요. 더 이상 망가지지 않게 연기 없는 곳으로 치워두려고요. 그리고 당신들이 술김에 싸움이라도 벌일지 모르잖아요. 잔치가 엉망이 되고 청혼 분위기도 깨질 것 아니겠어요? 그러니 무기들을 멀리 치우는 게 나아요.'

그러면 더 이상 의심하지 않을 것이다. 무기를 모두 치우되 칼 두 자루와 창 두 자루 그리고 방패 둘만 남겨두도록 해라. 너와 내가 쓸 무기니까.

마지막으로 한 가지만 더 말하마. 명심해라. 너 외에는 어느 누구도 내가 돌아왔다는 사실을 알면 안 된다. 네 어머니조차 알아서는 안 된다. 여인의 진정한 속마음은 알 수 없는 법이니, 오직 나만 그 마음을 알아내야 한다."

궁으로 간 돼지치기는 페넬로페를 만나 텔레마코스의 소식을 전했다. 아들이 무사하다는 소식에 페넬로페는 기쁨의 눈물을 흘렸다. 임무를 마친 돼지치기는 바로 농장으로 돌아갔다. 텔레마코스가 무사히 돌아왔다는 소식은 곧 청혼자들에게도 전해졌다. 그들은 밖으로 나가 정문 앞에서 회의를 열었다. 그들 중 한 명이 말했다.

"여러분! 텔레마코스는 정말 큰일을 낼 놈이오. 어떤 신이 놈을 보호해주는 게 틀림없소. 우리도 대비를 해야 하니 우리 친구들을 빨리 모두 모읍시다."

이내 나머지 청혼자들이 줄지어 달려왔다. 다 모이자 그들은 즉시 궁으로 들어갔다.

　　저녁 무렵 돼지치기는 오디세우스와 그의 아들에게로 돌아왔다. 아테나는 오디세우스를 지팡이로 쳐서 다시 거지 노인으로 만들었다. 청혼자들이 모두 궁에 모여 있다는 말을 돼지치기가 전하자 텔레마코스는 미소를 지으며 돼지치기가 눈치 채지 못하게 아버지를 바라보았다.

　　청혼자들이 텔레마코스가 돌아오길 벼르며 기다리고 있다는 소식을 듣고도 얼굴에 미소를 띠는 텔레마코스! 아버지 오디세우스는 그에게 그토록 큰 힘과 용기를 주었던 것이다!

　　세 사람은 배불리 먹고 마신 후 신이 내린 잠의 선물 속으로 깊이 빠져들었다.

궁전으로 들어간 오디세우스와 텔레마코스

새벽의 여신이 대지를 비추자 텔레마코스는 시내로 들어갈 채비를 갖추었다. 그리고 떠나기 전에 돼지치기에게 말했다.

"아저씨, 이제 나는 집으로 가서 어머니를 뵐 거예요. 나를 직접 보셔야 걱정의 눈물을 거두시겠죠. 아저씨, 이 불운한 손님을 궁으로 데리고 와요. 사람들이 많은 곳에 가야 먹을 걸 구걸할 수 있지 않겠어요?"

말을 마친 후 그는 시내에 있는 궁으로 가서 안으로 들어갔다. 페넬로페는 그를 보자마자 두 팔로 얼싸안고 눈물을 흘리며 말했다.

"아, 드디어 네가 돌아왔구나. 너를 다시는 못 보는 줄 알았다. 아버지 소식을 들으려고 나 몰래 필로스에 갔었다지? 자, 네가 무슨 일을 겪었는지 이야기해다오. 아버지 소식은 들었느냐?"

텔레마코스는 아버지를 만났다는 소식을 어머니에게 전해주고 싶은 것을 간신히 참았다. 그러고는 네스토르와 메넬라오스를 만난 이야기를 해주었다. 그리고 아버지가 살아 계실지 모른다는 메넬라오스의 이야기도 그대로 전해주었다. 페넬로페는 아들의 입에서 오디세우스 이야기가 나오자 눈물을 흘렸다.

그들이 그렇게 말을 주고받는 사이 오디세우스와 돼지치기는 시내를 향해 출발했다. 오디세우스는 거지 노인의 모습을 하고 누더기를 걸친 채 손에는 지팡이를 들고 있었다. 그들은 길에서 염소치기 멜란티오스를 만났다. 그는 청혼자들의 잔치를 위해 염소들을 몰고 오는 길이었다. 그가 돼지치기와 오디세우스를 보자 욕설을 해댔다.

"이 재수 없는 돼지치기야! 끼리끼리 논다더니 형편없는 놈이 형편없는 놈을 데리고 가는구나! 도대체 이 거지를 어디로 데려가는 거냐? 감히 궁전에 데려가는 건 아니겠지? 만일 그랬다가는 나리들께서 갈빗대를 분질러놓으실걸!"

그러고는 오디세우스의 엉덩이를 걷어찼다. 오디세우스는 몽둥이로 한 대 후려치고 싶은 것을 간신히 참았다. 그러자 돼지치기가 멜란티오스를 노려보며 욕을 해주더니 큰 소리로 기도했다.

"아, 제우스의 따님들, 제 기도를 들어주십시오! 제발 그분께서 돌아오셔서 저 무례한 놈들을 벌하실 수 있게 해주십시오!"

"어디 실컷 기도해보시지! 죽은 자가 어떻게 돌아올 수 있다고! 텔레마코스도 청혼자들의 화살에 맞아 죽을 게 빤한데."

그의 기도를 들은 염소치기는 이렇게 코웃음을 치며 그들을 뒤에 남겨둔 채 서둘러 주인집으로 갔다.

"내가 전에 그렇게 잘해주었던 종이 저렇게 돌변하다니!"

오디세우스는 속이 부글부글 끓었지만 분노를 안으로 삭일 수밖에 없었다.

이윽고 둘은 궁 앞에 도착했다. 그들은 누가 먼저 궁 안으로 들어갈 것인지 잠시 망설였다. 그때 누워있던 개 한 마리가 귀를 쫑긋 세우더니 꼬리를 흔들었다. 오디세우스가 너무나 귀여워하던 개 아르고스였다. 주인이 떠날 때는 강아지였는데 떠나고 난 후 천대를 받다가 이제는 나이를 먹어 거름 더미 옆에서 죽음을 기다리고 있었던 것이다. 오디세우스는 변장을 한 자신을 개가 알아보는 것을 보고 눈물이 나왔다. 그는 에우마이오스에게 들키지 않으려고 고개를 돌린 채 눈물을 닦았다. 아! 인간은 자신이 사라지자 그토록 쉽게 변하건만 개는 여전히 자기를 알아보고 꼬리를 흔들다니! 아르고스는 20년 만에 돌아온 주인을 다시 보는 순간, 마치 이때를 기다렸다는 듯이 평온하게 숨을 거두었다.

그들이 궁 앞에 서 있는 모습을 제일 먼저 발견한 것은 텔레마코스였다. 텔레마코스는 그들을 안으로 들였다. 돼지치기가 지팡이를 짚은 늙은 거지를 데리고 들어오는 것을 보자, 청혼자들의 우두머리 격인 안티노오스가 눈살을 찌푸리며 그를 당장 밖으로 내보내라고 했다. 오디세우스가 그의 앞으로 가서 말했다.

"나리, 저를 내쫓지 말아주십시오. 운명이 저를 이런 비참한 꼴로 만들었지만 예전에는 저도 종들을 부리며 살던 사람이랍니다. 제게 나리의 음식을 나누어주신다면 신들께서도 나리를 축복하실 것입니다."

그러자 안티노오스가 말했다.

"도대체 어떤 신이 이런 귀찮은 놈을 이리로 데려와 흥을 깨는 거야? 내 식탁 가까이 올 생각일랑 아예 하지도 마!"

안티노오스의 말을 듣자 오디세우스가 즉각 대답했다.

"당신은 겉모습과는 영 다른 사람이군요. 생긴 건 멀쩡한데 이렇게나 인색하다니……. 아무리 불쌍한 사람이 와서 애걸해도 소금 알갱이 하나 안 내줄 사람이군요!"

그러자 화가 치민 안티노오스가 오디세우스에게 발판을 집어 던졌다. 발판은 오디세우스의 어깨를 정통으로 맞혔다. 아버지가 얻어맞는 모습을 본 텔레마코스는 너무 마음이 아팠다. 그는 억지로 분노와 눈물을 참았다. 그리고 안티노오스를 향해 부드럽게 말했다.

"안티노오스! 당신 말마따나 우리 모두가 저 걸인 한 명 때문에 흥을 깰 수는 없지 않겠습니까? 게다가 저 거지를 받아들이고 아니고는 내가 결정할 문제 아닙니까? 자, 저 사람을 한쪽 구석에서 얌전히 식사하게 하죠. 청혼자 여러분이 저 사람에게 각자 자신의 음식을 조금씩 나누어주면 어떻겠습니까?"

텔레마코스의 부드러운 말에 안티노오스도 더 이상 거지를 쫓으려 하지 않았다. 오디세우스가 그릇을 들고 돌아다니자 청혼자들이 음식을 나누어주었다. 오디세우스는 구석으로 가 앉아서 음식을 먹었다.

페넬로페도 집 안에 낯선 거지가 들어왔다는 소식을 들었다. 그녀는 돼지치기를 불러서 물었다.

"에우마이오스, 그 사람을 이리로 데려올 수 없나요? 그는 여기저기 많이 돌아다녔을 테니 혹시 남편 소식을 알고 있을 수도 있잖아요."

그러자 돼지치기가 대답했다.

"왕비님, 사실 저는 이미 주인님에 관한 이야기를 그에게서 들었습니다. 주인님이 어느 풍요로운 나라에서 잘 지내고 계시다는 소문을 들었다고 했습니다. 수많은 보물을 가지고 고향으로 돌아오시게 될 거라고요."

돼지치기의 말을 들은 페넬로페는 가슴이 뛰었다.

"얼른 그 사람을 데려와요. 그의 입을 통해 직접 듣고 싶어요. 아, 그이가 돌아오셔서 저자들에게 복수를 할 수 있다면 얼마나 좋을까!"

돼지치기는 즉각 나그네 거지에게 가서 말했다.

"나그네 양반! 텔레마코스 왕자님의 어머니이신 페넬로페 왕비님께서 그대를 찾으시오. 그대한테서 직접 주인님 소식을 듣고 싶어 하시오."

그러자 오디세우스가 대답했다.

"에우마이오스! 내 당장 페넬로페 왕비님께 내가 들은 이야기를 직접 해드리고 싶소. 사실 나는 그분의 남편을 아주 잘 알고 있다오. 직접 함께 고난을 겪었으니까요. 하지만 저 난폭한 청혼자들을 좀 생각해보시오. 내가 아무 짓도 하지 않았는데 때리는 걸 당신도 보지 않았소? 아무도 말리려 하지 않고, 심지어 텔레마코스 왕자조차 막아줄 생각을 않더군요. 그러니 페넬로페 님께 이렇게 전해주시오. 해가 져서 그들이 다 돌아갈 때까지 방에서 기다려주시면 좋겠다고."

돼지치기는 페넬로페에게 가서 오디세우스의 말을 전한 후 자기 집으로 돌아갔다.

저녁이 되기만 애타게 기다리던 페넬로페에게 문득 한 가지 생각이 떠올랐다. 남편이 살아 돌아올지 모른다는 생각에 그녀에게 희망의 여신이 찾아왔고, 그 덕분에 그녀는 더 현명해진 것이다.

"그래, 이렇게 가만히 앉아서 그이가 돌아오기를 기다리기보다는 나도 뭔가를 해야 해."

그녀는 곱게 화장을 하고 텔레마코스와 청혼자들이 있는 홀로 내려갔다. 그녀의 눈부신 아름다움에 모두 감탄을 터뜨렸다. 청혼자들 중 한 명이 말했다.

"오, 아름다운 페넬로페! 그대 모습을 직접 보게 된다면 그 누구인들 청혼하지 않을 수 있겠소!"

그러자 페넬로페가 대답했다.

"그런 말 마세요. 나의 아름다움은 남편이 그리스 용사들과 트로이로 떠나던 날 그이와 함께 나를 떠났답니다. 그이는 떠나면서 내 손목을 잡고 이렇게 말했지요. '여보! 나는 무사히 돌아오지 못할지도 모르오. 만일 내가 돌아오지 못한다면, 우리 아들 얼굴에 수염이 돋아나는 것이 보일 때쯤 누구든 당신이 원하는 사람과 결혼해서 떠나요.'

우리 텔레마코스의 얼굴에 수염이 난 지 벌써 오래전인데 그이는 돌아오지 않고 있네요. 그이는 죽은 게 틀림없어요. 그러니 이제 저는 그이의 말을 따르겠어요. 하지만 한 가지 궁금한 게 있어요. 지금 여러분은 왜 우리가 지켜온 풍습을 따르지 않는 거지요? 누구든 어느 여인과 결혼하려고 경쟁을 하게 되면 손수 자신의 가축들과 선물들을 가져와서 청혼을 하지 이렇게 빈손으로 와서 그 집 살림을 거덜 내지는 않잖아요?"

그녀의 말을 듣고 오디세우스는 속으로 크게 기뻐했다. 청혼자들을 안심시키면서 동시에 그들의 선물을 받아내려는 페넬로페의 지혜를 알아보았기 때문이다.

페넬로페의 말을 듣고 청혼자들은 드디어 그녀가 마음을 돌렸다고 믿고 너무나 기뻐했다. 그들은 저마다 전령을 자기 집으로 보내 선물을 가져오게 했다. 그리고 기쁨에 들떠 실컷 먹고 마신 후 집으로 돌아갔다. 갈 곳 없는 거지 노인이 궁에 그대로 머무는 것을 보고 이상하게 생각한 사람은 아무도 없었다.

오디세우스, 페넬로페를 만나다

텔레마코스와 단둘이 홀에 남자 오디세우스는 아들에게 말했다.

"자, 이제 무기들을 모두 안으로 들여놓자. 그들이 왜 그랬느냐고 묻거든 전에 내가 일러준 대로 말해라."

텔레마코스와 오디세우스는 함께 무기를 안으로 날랐다. 이윽고 무기를 다 치우자 오디세우스가 말했다.

"자, 이제 너는 가서 잠을 자도록 해라. 나는 이곳에 남아 네 어머니를 기다리겠다."

텔레마코스가 잠을 자러 자기 방으로 가자 오디세우스는 홀에 혼자 남아 청혼자들을 없앨 방법을 계속 궁리했다. 그때 페넬로페가 시녀들과 함께 홀에 나타났다. 그녀는 늘 앉던 자신의 의자에 앉았다. 그녀는 오디세우스에게 물었다.

"나그네님! 당신은 어디서 온 분인가요? 당신 부모님은 어디 사는 누구인가요?"

"왕비님, 다른 건 몰라도 제 고향만은 묻지 말아주십시오. 부모님에 대해서도 묻지 말아주십시오. 지난날을 생각하면 슬픔으로 가슴이 메어지기 때문입니다. 남의 집에 앉아 자기 신세타령이나 하는 건 부끄러운 일이지요."

그러자 페넬로페가 자신의 처지를 늘어놓기 시작했다.

"아, 그이가 돌아와서 내 슬픔을 거두어 갈 수만 있다면! 나는 남편을 향한 그리움으로 마음이 병들어가고 있답니다. 청혼자들은 끊임없이 결혼을 재촉하고 있고요. 전에는 속임수를 써서 간신히 몇 년을 버틸 수 있었죠. 하지만 이제는 더 이상 결혼을 피할 수 없어요. 더 이상 계책을 꾸밀 수도 없고요. 부모님께서는 결혼하라고 재촉이 심하시고, 아들은 청혼자들을 증오하고 있으니. 나를 가엾게 여겨 진심 어린 충고를 해주려거든 제발 당신의 고향과 집안에 대해 말해줘요. 내가 당신 말을 믿으려면 당신이 누구인지 알아야 하지 않겠어요?"

"진심으로 제 집안 이야기가 제 입에서 나오기를 원하십니까? 그렇다면 온갖 고통을 참고 이야기를 해드리겠습니다."

그런 후 거지 모습의 오디세우스는 꾸며낸 이야기를 페넬로페에게 들려주기 시작했다. 자신은 크레타 출신이며, 오디세우스를 트로이 전쟁에서 만났고, 오디세우스가 트로이 전쟁이 끝난 후 그리스를 향해 출항하는 것을 직접 보았다고 말했다. 참말 같은 거짓말을 잔뜩 늘어놓은 것이다.

그러자 페넬로페가 말했다.

"나그네님, 내가 당신 말이 진실인지 시험해보더라도 나를 원망하지 마요. 내가 남편을 그만큼 간절히 그리워하기 때문이란 걸 안다면 나를 용서할 수 있을 거예요. 자, 정말 그이를 봤다면 어떤 옷을 입고 있었는지 말해줄 수 있겠죠?"

그러자 거지 모습의 오디세우스는 오디세우스가 입고 있던 옷에 대해 자세히 말해주었다. 심지어 그가 외투에 달고 있던 브로치의 모양도 세세하게 설명해주었다. 그가 이야기를 하는 동안 페넬로페의 눈에서는 하염없이 눈물이 솟아나 흘러내렸다. 그가 말을 마치자 그녀가 말했다.

"아, 당신이 한 말은 다 사실이에요. 그 옷들은 모두 내가 직접 고른 것들이죠. 그 브로치도 내가 직접 달아주었고요. 나는 이제까지 당신을 불쌍히 여겼어요. 하지만 당신은 더 이상 낯선 나그네가 아니에요. 이제부터 당신은 우리 집의 귀한 손님이에요."

그녀는 오디세우스가 너무 그리운 나머지 그가 결코 돌아올 수 없을 거라고 말하며 더욱 비통하게 울기 시작했다. 그리움이 너무 강하면 그 그리운 일이 이루어질 수 없으리라는 절망도 함께 커지는 법! 그녀는 오디세우스의 이야기를 들으면 들을수록 희망과 함께 절망도 커졌다. 오디세우스는 그가 틀림없이 그녀 곁으로 돌아올 것이라며 그녀를 달래기에 바빴다.

마음을 겨우 추스른 페넬로페가 시녀들에게 명령했다.

"너희는 이분의 발을 씻겨드려라. 그리고 잠자리를 정성껏 마련해드려라. 이른 아침에는 목욕을 시켜드리고 온몸에 올리브유도 발라드리도록 해라. 그리고 이제 식사도 텔레마코스 옆에서 함께 하실 수 있게 해드려라."

그러자 오디세우스가 대답했다.

"고귀한 마음씨를 가진 왕비님! 저는 오랫동안 이런 몰골로 떠돌며 아무 곳에서나 잠을 잤습니다. 그러니 발을 씻고 잠자리에 드는 건 더 이상 제게 즐거운 일이 아니랍니다. 하지만 왕비님의 호의를 무작정 뿌리칠 수만은 없으니 발을 닦고 잠자리에 들겠습니다. 하지만 부탁이 있습니다. 어린 소녀는 제 발을 만지지 못하게 해주십시오. 만일 제 발을 씻기시려면 이 세상 고통을 나만큼 참고 견뎌온 나이 든 여인만이 내 발을 만질 수 있게 하고 싶습니다."

"당신은 우리 집에 찾아왔던 그 누구보다 슬기롭고 점잖은 분이에요. 그래요, 불행한 그이의 유모 한 사람이 있어요. 그 사람이라면 당신이 발을 맡길 만할 거예요."

그런 후 그녀는 오디세우스의 유모 에우리클레이아에게 나그네의 발을 씻겨주라고 했다. 유모는 예전에 오디세우스의 발을 씻겨주던 대야를 가져와 물을 부었다. 그리고 그의 발을 씻겨주려다가 깜짝 놀랐다. 그녀의 손에 너무나 낯익은 상처가 닿은 것이었다. 오디세우스가 멧돼지 사냥을 갔다가 멧돼지 엄니에 찔려서 입은 상처였다. 유모는 그의 다리를 잡고 두 손으로 씻어 내리다가 그 상처를 만지고는 깜짝 놀라 그만 그의 발을 놓쳐버렸다. 기쁨과 아픔이 한꺼번에 에우리클레이아를 사로잡았고 두 눈에 눈물이 고였으며 말문이 막혀버렸다. 겨우 정신을 차린 그녀는 오디세우스의 턱을 잡으며 말했다.

"오, 오디세우스 아기씨! 아, 직접 만져보고서야 주인 아기씨인 줄 알아보다니!"

그러자 오디세우스가 황급히 말했다.

"유모, 아무 말 말아요. 내가 저 청혼자들을 다 없앨 때까지는 페넬로페에게까지 비밀로 해야 하오. 꼭 명심해야 하오."

에우리클레이아는 작은 목소리로 아무 염려 말라고 대답했다. 그리고 덧붙였다.

"아기씨! 아기씨가 저 청혼자들을 모두 물리치는 날, 궁전의 여인들 중에 누가 당신을 저버리고 저 청혼자들과 어울려 왕비님을 괴롭혔는지 다 알려드릴게요."

속삭이듯 말한 유모는 발을 정성껏 씻어주었다. 그때 페넬로페가 입을 열었다.

"나그네님, 당신은 내게 사랑하는 남편의 소식을 전해준 귀한 분이에요. 그러니 내 한 가지 질문에 답해줘요. 나는 낮에는 슬픔과 눈물 속에서도 집안일 돌보는 것으로 그 시름을 잊을 수 있어요. 하지만 밤이 되면 다른 사람들은 달콤한 잠의 신 곁으로 돌아가지만 나는 불안에 휩싸여 잠의 신을 맞아들이지 못해요. 내가 여기 아들 곁에 머물면서 그이의 모든 것들, 이 궁이며 그의 침대며 그의 명성을 지켜야 하는지, 아니면 지금이라도 가장 훌륭한 선물을 줄 청혼자를 따라가야 하는지, 정말 마음이 두 갈래로 갈라져 왔다 갔다 한답니다. 그러니 제발 충고를 해줘요. 나는 어떻게 해야 하지요?"

그러자 오디세우스가 대답했다.

"왕비님, 저는 저 사악한 청혼자들의 파멸이 가까워졌다고 자신 있게 말씀드릴 수 있습니다. 그러니 왕비님, 이제 너무 괴로워하지 마시고 내일을 맞으세요."

"아, 오디세우스와 나를 영영 갈라놓을 내일이 오고 있는데 어떻게 괴로움에서 벗어날 수 있겠어요? 나는 어쨌든 그들의 시합 준비를 해놓아야 해요. 내일 활쏘기 시합을 위해 12개의 도끼를 갖다놓을 작정이에요. 그이는 그 12개의 도끼를 한 줄로 세워놓고는 멀찍이 서서 화살로 꿰뚫고는 하셨지요. 그 누군가가 그이처럼 그 도끼들을 꿰뚫는 사람이 나온다면 나는 그 사람을 따라가야 할 거예요. 그렇게 되면 꿈에서도 잊지 못할 이 집안을 영영 떠나야만 하겠지요."

말을 마친 후 그녀는 다시 울음을 터뜨렸다. 오디세우스가 말했다.

"왕비님! 그 시합을 꼭 하도록 하십시오. 누군가 그 도끼들을 꿰뚫기 전에 남편께서 반드시 이곳으로 올 것이니!"

페넬로페는 겨우 울음을 멈추고 자신의 이층 방으로 올라갔다. 그녀는 침대에 누워서도 사랑하는 남편 오디세우스를 생각하며 울었다. 그리고 울다가 잠이 들었다. 아테나 여신이 그녀의 눈꺼풀에 잠을 내려주었던 것이다.

이튿날 청혼자들은 다시 오디세우스의 집으로 모였다. 날이 날인 만큼 시녀들이 모두 나와 불을 피우며 잔치 준비를 했고, 돼지치기 에우마이오스는 살찐 돼지 세 마리를, 염소치기 멜란티오스는 염소 두 마리를, 소치기인 필로이티오스는 살찐 암소 한 마리를 몰고 왔다. 필로이티오스는 일꾼들의 우두머리였다. 거지 모습을 한 오디세우스를 처음 본 필로이티오스는 오디세우스에게 다가가 환영의 표시로 오른손을 내밀며 말했다.

"불행한 양반! 앞으로 그대 앞에 온갖 행복이 함께하기를 내 제우스 님께 기도하리다. 그대를 보니 우리 주인 오디세우스 님 생각이 나서 눈물이 나는군요. 아, 만일 그분이 살아 계시다면 꼭 그대와 같은 몰골로 사람들 사이를 떠돌아다니시겠지요."

눈물을 글썽이며 자신을 그리워하는 필로이티오스의 모습을 본 오디세우스는 감동했다. 그러고는 속으로 생각했다.

'아, 모든 일꾼들이 다 배신을 한 것은 아니구나.'

그들은 자신들이 가져온 가축들을 집 안으로 들여놓은 후 그것들을 잡아서 구웠다.

텔레마코스는 홀 안 돌 문턱 옆에 의자와 탁자를 갖다놓았다. 거기다 오디세우스를 앉히고 음식을 내온 후 포도주를 따라주며 말했다.

"자, 이제 이곳에 앉아 식사를 하도록 해요. 누가 당신을 모욕하거나 당신에게 주먹질을 하면 내가 막아주겠소. 이 궁은 어엿이 우리 아버지의 것이고 아버지가 나를 위해 마련한 것이니까요. 청혼자 여러분, 이제부터 욕설과 주먹다짐은 제발 삼가도록 하십시오."

청혼자들은 갑자기 대담해진 텔레마코스의 태도에 깜짝 놀랐다. 그러자 안티노오스가 일어나서 말했다.

"텔레마코스, 참 대담해졌구나! 그렇지만 청혼자 여러분, 우리 모두 참기로 합시다. 제우스 신께서 저렇게 입을 놀릴 수 있도록 허락해주셨으니 말이오! 제우스 님의 뜻만 아니었다면 우리가 진작에 저 입을 막아버릴 수도 있었을 거요!"

그러자 청혼자들은 오디세우스는 거들떠보지 않고 먹고 마시기 시작했다. 실컷 먹고 마신 후에 그들 중 한 명이 일어나서 말했다.

"내가 텔레마코스와 그의 어머니 페넬로페에게 좋은 뜻으로 한마디 하겠소. 그대들이 우리의 청혼을 오랫동안 거절해왔지만 우리는 참았소. 그대들이 오디세우스가 살아 있다는 희망을 가지고 있는 한 우리 청혼을 거절하는 것이 일리가 있다고 보았기 때문이오. 하지만 이제는 그가 돌아오지 못하리라는 것이

확실해졌소. 그러니 텔레마코스, 어머니한테 말하시오. 우리 청혼자들 중에 가장 훌륭한 남자, 가장 많은 선물을 주는 남자와 한시라도 빨리 결혼해야 한다고."

그러자 텔레마코스가 그에게 대답했다.

"아버지의 이름을 걸고 맹세하는데 나는 결코 어머니의 결혼을 반대하지 않습니다. 오히려 하루라도 빨리 당신들 중 한 명과 결혼하기를 원하고 있고 선물까지 듬뿍 안겨줄 용의가 있습니다."

텔레마코스가 뜻밖의 말을 하자 청혼자들 가운데는 반가운 웃음을 짓는 자들도 있었고 영문을 몰라 어리둥절해하는 자들도 있었다. 청혼자들의 그런 모습을 지켜보면서 텔레마코스는 아버지가 그자들에게 본때를 보여줄 순간이 어서 오기를 간절히 기다리고 있었다.

활쏘기 시합

홀에서 시끌벅적하게 잔치가 벌어졌을 때 페넬로페는 시녀들과 함께 무기 창고로 갔다. 그리고 오디세우스의 활과 화살을 들고 홀로 갔다. 그녀의 뒤로는 도끼들이 들어 있는 상자를 함께 든 시녀들이 따르고 있었다. 이윽고 홀에 나타난 그녀가 말했다.

"자, 청혼자 여러분. 내가 바로 당신들의 상품이에요. 내가 남편의 큰 활을 여기 내놓겠어요. 누구든 이 활로 12개의 도끼를 꿰뚫는다면 나는 그 사람한테 시집가겠어요."

그녀는 말을 마친 후 돼지치기 에우마이오스를 시켜 활과 화살과 도끼들을 갖다놓게 했다. 에우마이오스는 눈물을 흘리며 그것들을 갖다놓았으며 주인의 활을 본 소치기 필로이티오스도 남몰래 울었다.

에우마이오스가 무기들을 갖다놓자 텔레마코스가 일어나서 말했다.

"아, 제우스 님께서 나를 정말 바보로 만드신 것 같군요. 오늘은 사랑하는 어머니께서 다른 남자를 따라 이 궁을 떠나야 하는 날이니 슬퍼해야 마땅한데 이렇게 웃고 있느니 말입니다. 자, 여러분이 시합에 나서기 전에 내가 먼저 활을 쏘겠습니다. 내가 도끼들을 꿰뚫는다면 사랑하는 어머니께서 다른 남자를 따라 이곳을 떠나더라도 나는 더 이상 슬퍼하지 않을 겁니다. 내가 아버지의 훌륭한 무기들을 다룰 줄 안다는 사실을 여러분에게 보여준 셈이니까요. 내가 아버지의 뒤를 이을 자격이 있음을 증명한 셈이니까요. 내가 아버지를 이어서 이 궁전에서 살 만한 자격이 있음을 보여준 셈이니까요!"

말을 마친 그는 자리에서 벌떡 일어나더니 밖으로 걸어 나가 직접 길게 땅을 팠다. 그러고는 그곳에 도끼들을 일렬로 세운 다음 다시 땅을 메웠다. 그는 활을 집어 들고 문턱에 섰다. 그러나 세 번이나 시도했지만 활시위에 화살을 걸지 못했다. 활이 워낙 단단해서 그의 힘으로는 구부릴 수 없었던 것이다.

텔레마코스는 탄식하며 활과 화살을 문턱에 내려놓았다.

"하, 나는 앞으로도 비겁한 약골 소리를 듣겠구나! 자, 나보다 힘센 당신들이 시도해보십시오."

그러자 안티노오스가 나섰다.

"여러분, 텔레마코스의 말대로 이제 우리 차례가 되었소. 오른쪽으로 돌아가며 차례대로 합시다. 저기 술동이가 놓인 곳 옆쪽 사람부터 시작하지요."

모두들 그의 말에 동의했고 드디어 활쏘기 시합이 시작되었다. 하지만 그토록 오만하고 자신만만해하던 그들 중 그 누구도 활을 구부리지조차 못했다. 이제 남은 것은 안티노오스와 에우리마코스 둘뿐이었다. 그들은 청혼자들 중 가장 힘이 뛰어났다.

그들이 활쏘기 시합에 정신이 팔려 있는 사이 오디세우스는 돼지치기와 소치기에게 슬쩍 따라오라는 눈짓을 했다. 그리고 함께 밖으로 나갔다. 안뜰과 정문을 지나 밖으로 나가자 오디세우스가 그들에게 말했다.

"내 그대들에게 한 가지 묻겠소. 만일 오디세우스가 신의 도움으로 갑자기 이곳에 나타난다면 그대들은 어떻게 하겠소? 오디세우스를 도울 거요, 아니면 저 청혼자들을 도울 거요?"

소치기가 조금도 망설이지 않고 대답했다.

"아, 아버지 제우스 님! 제발 제 소원을 들어주십시오! 그분이 지금이라도 우리 곁에 나타나게 해주십시오! 제가 그분의 충실한 종이라는 것을 증명하게 해주십시오!"

그러자 오디세우스가 말했다.

"제우스 신께서는 이미 그대의 소원을 들어주셨다. 너희 주인이 너희 소원대로 이미 너희 곁에 왔다. 내가 바로 오디세우스다. 천신만고 끝에 20년 만에 고향 땅에 돌아왔다. 내가 돌아온 사실을 다른 종들은 아무도 모른다. 그러니 내 말을 잘 듣도록 해라. 만일 저자들을 다 물리치게 되면 그대들에게 아내와 재산을 주겠다. 또한 궁 가까운 곳에 집을 지어줄 것이며 앞으로는 내 아들 텔레마코스의 동료이자 형제로서 지내게 될 것이다. 자, 내가 오디세우스라는 확실한 증거가 여기 있다. 바로 이 흉터다. 너희도 이 상처는 잘 알고 있을 테지!"

그가 오디세우스라는 것을 알게 된 두 사람은 그를 얼싸안고 눈물을 흘렸고 수없이 그의 발에 입을 맞추었다. 오디세우스도 그들의 머리와 어깨에 입을 맞추었다.

하지만 언제까지나 반가움의 눈물을 흘리고만 있을 수는 없었다! 오디세우스가 그들을 일으켜 세우며 지시를 내렸다.

"자, 이제 그만 울음을 거두어라. 누가 보기라도 하면 어쩔 셈이냐! 에우마이오스, 너는 활을 들고 홀 안을 돌다가 그것을 내게 슬쩍 건네주도록 해라. 내가 직접 활과 화살을 집도록 저 자들이 내버려두지 않을 것이니 내가 활과 화살을 손에 넣으려면 그 수밖에 없다. 그런 후 너는 여인들에게 가서 전해라. 밖에서 아무리 소동이 일더라도 방문을 꼭꼭 걸어 잠그고 그냥 하던 일을 계속하라고. 필로이티오스, 너는 바깥 정문에 빗장을 지른 후 꽁꽁 묶어두도록 해라. 나머지는 내가 다 알아서 하마."

말을 마친 오디세우스는 안으로 들어가 제자리에 앉았다. 두 종도 그의 뒤를 따라 안으로 들어갔다.

그때 에우리마코스가 활을 잡고 있었다. 그는 자신이 없어서 망설이던 참이었다. 그 모습을 본 안티노오스가 말했다. 모두 실패하는 것을 보고 그 또한 슬그머니 자신이 없어진 것이다.

"에우리마코스, 오늘은 이만 된 것 같소. 자, 이제 오늘을 기념하는 술을 바치고 그만 활을 치우도록 합시다. 우리 두 사람은 내일 다시 시합에 나서기로 합시다."

모두들 그의 말에 동의하고 술을 바쳤다. 그러자 오디세우스가 일어나서 말했다.

"왕비님의 청혼자 여러분! 오늘은 그만 활을 내려놓고 신들께 술을 바치자는 안티노오스 님의 말씀이 지당하긴 합니다. 하지만 저 활과 화살을 보니 제가 좀이 쑤셔서 견딜 수가 없군요. 이렇게 거지 노릇을 하며 빌어먹는 처지지만 아직 제게 힘이 남아 있는지 시험해보고 싶습니다."

안티노오스가 바로 그를 꾸짖었다.

"이 막돼먹은 자야! 여기가 어떤 자리라고 끼어들어! 술 몇 잔 하더니 정신이 나간 거야? 조용히 앉아서 술이나 더 먹어!"

그러자 페넬로페가 말했다.

"안티노오스, 저분은 어엿한 우리 집 손님이에요. 손님을 함부로 모욕하는 건 옳은 일이 아니지요. 설마 저분이 성공해서 나를 아내로 삼을까봐 겁내는 건 아니겠지요? 세상에! 저분도 그런 생각은 품고 있지 않을 거예요."

그러자 에우리마코스가 나서서 말했다.

"페넬로페, 우리가 뭐 하러 그런 걱정을 하겠습니까? 저자가 혹시 성공한다면 우리 모두 그리스 사람들의 웃음거리가 될까봐 그러는 것이오."

그러자 페넬로페가 슬기롭게 대답했다.

"그래도 명예는 생각하나보네요. 그렇게 오랫동안 남의 집 살림을 먹어치워왔으면서 명예가 남아 있으리라고 보는 건가요! 자, 어서 저분에게 활과 화살을 줘요!"

그러자 어머니와 청혼자들이 티격태격하는 모습을 보고 있던 텔레마코스가 나섰다.

"어머니, 이 활을 누구에게 주건 안 주건 그 권한은 제게 있습니다. 제가 저 손님에게 활을 주더라도 막을 수 있는 사람은 이 안에 아무도 없어요. 그러니 어머니, 어머니는 안으로 들어가셔서 어머니 맡은 일을 하시고 시녀들도 자기 일을 하도록 시키세요. 활은 남자들 일이고 다 제가 알아서 할 일이니까요. 제가 여기 주인이잖아요."

페넬로페는 아들의 슬기로운 말을 듣고 자기 방으로 돌아갔다. 그리고 오디세우스를 생각하며 울었다. 그녀를 가엽게 여긴 아테나 여신이 그녀에게 잠을 선물했고 그녀는 잠에 빠져들었다.

텔레마코스가 어머니를 방으로 돌려보내자 돼지치기가 활을 들고 오디세우스 쪽으로 갔다. 그러자 모든 청혼자들이 그를 향해 소리를 질러대며 위협했다. 돼지치기는 겁이 나서 활을 내려놓으려 했다. 그러자 텔레마코스가 그를 독려했다.

"아저씨, 그냥 들고 가요. 여기 주인으로서 명령이에요."

돼지치기는 활을 들고 홀을 지나 그것을 오디세우스의 손에 올려놓았다. 그러고는 주인이 이미 지시한 대로 유모 에우리클레이아에게 가서 밖에서 소란이 일어나더라도 여자들은 한 명도 밖으로 나오지 말라고 전한 후 돌아왔다. 한편 필로이티오스도 슬쩍 밖으로 나가서 정문에 빗장을 지르고 돌아왔다. 이제 아무도 밖으로 나갈 수 없게 된 것이다.

오디세우스는 활을 받아들자 이리저리 돌리며 활을 점검했다. 그러고는 자리에서 일어나 문 앞으로 가더니 화살을 들고 시위를 당겼다. 그가 화살을 날리자 화살은 12개의 도끼날을 모두 꿰뚫었다. 그는 곧바로 텔레마코스에게 말했다.

"텔레마코스야! 저자들이 업신여긴 것과는 달리 내 힘은 아직 쓸 만한 것 같구나. 자, 이제 정말 만찬을 즐길 시간이 된 것 같다. 우리 함께 즐겨보자꾸나."

그가 말을 하며 눈짓으로 신호를 보내자 텔레마코스가 날카로운 칼을 둘러메고 손에 창을 거머쥐더니 자리에서 벌떡 일어나 버티고 섰다.

청혼자들을 모두 처치하는 오디세우스

오디세우스는 겉에 입고 있던 누더기를 벗어던졌다. 그러고는 활과 화살통을 든 채 달려가 문 앞을 가로막고 섰다. 그가 청혼자들을 향해 외쳤다.

"자, 시합은 이것으로 끝났다. 이제부터는 진짜 표적을 향해 화살을 날려주마!"

그러고는 안티노오스를 향해 화살을 겨누었다. 안티노오스는 막 황금 잔을 들어 올려 입으로 가져가려던 참이었다. 오디세우스가 그의 목을 겨누어 화살을 날렸다. 화살은 정확히 그의 목을 꿰뚫었다. 그는 비명도 지르지 못한 채 그대로 피를 쏟으며 엎어졌다.

갑자기 꿈에서조차 생각할 수 없는 일이 벌어지자 청혼자들은 우왕좌왕하며 무기를 찾았다. 하지만 그 어디에도 방패나 창은 없었다. 그들은 화를 내며 오디세우스에게 말했다.

"이 거지 놈! 함부로 사람을 쏘아 맞히다니 대체 무슨 짓이냐! 네가 누구를 죽였는지 알기나 해! 그는 이타카의 가장 뛰어난 사람이다. 그를 네 손으로 해쳤으니 넌 이제 죽은 목숨이야!"

그들은 아직 오디세우스가 실수로 안티노오스를 죽인 줄 알고 있었다. 오디세우스가 그들을 노려보며 말했다.

"이, 짐승 같은 놈들아! 나 오디세우스를 몰라보느냐? 그새 내 얼굴을 잊어버린 거냐? 너희는 내가 다시는 고향으로 돌아오지 못할 줄 알았겠지? 감히 내 살림을 탕진하고 강제로 내 시녀들을 빼앗다니! 게다가 내가 이렇게 시퍼렇게 살아 있는데 내 아내에게 구혼을 하다니! 너희는 신들이 두렵지 않은 모양이구나! 훗날 사람들에게 들을 비난이 두렵지 않은 모양이야! 이제 너흰 끝이야! 그러니 곱게 목을 내밀고 죽을 준비나 해!"

오디세우스의 말을 들은 청혼자들은 새파랗게 질려 어쩔 줄 몰라 했다. 오디세우스가 살아 돌아왔다는 사실에 반쯤 넋이 나가버린 것이었다. 그래도 다른 자들보다는 용기가 있는 에우리마코스가 오디세우스를 향해 말했다.

"오디세우스! 우리가 저지른 짓에 대해 당신이 분노하는 것

청혼자들을 모두 처치하는 오디세우스

은 당연한 일이오. 하지만 그 모든 짓의 책임자는 당신이 이미 저세상으로 보내버렸소. 당신 아들 텔레마코스를 죽이려는 음모를 꾸민 자도 바로 저기 누워 있는 안티노오스요. 그러니 제발 우리를 너그러이 용서해주시오. 당신이 우리를 용서해준다면 그동안 우리가 축낸 재산을 다 보상해드리겠소."

그러자 오디세우스가 말했다.

"에우리마코스! 너희가 가진 것을 몽땅 내게 줘보아라. 거기다 다른 걸 더 얹어 줘보아라. 그런다고 너희를 용서할 줄 아느냐? 절대 아니야! 나와 맞서 싸울 테냐, 아니면 도망칠 테냐? 둘 중 하나를 선택해라. 그 외에 다른 길은 없다!"

오디세우스의 말을 들은 에우리마코스는 청혼자들을 향해 소리쳤다.

"여러분! 저자는 우리 모두를 죽일 때까지 화살을 멈추지 않을 것이오! 이렇게 가만히 앉아 죽음을 기다리느니 식탁을 방패 삼아 저자에게 대항하도록 합시다. 어떻게 하던 여기서 빠져나가 구조를 요청합시다!"

말을 마친 그는 차고 있던 청동 칼을 빼어 들고 오디세우스에게 덤벼들었다. 하지만 오디세우스가 날린 화살이 먼저 그의 가슴을 꿰뚫었다. 그는 그 자리에서 하데스의 궁으로 날아가고 말았다. 그러자 암피노모스가 날카로운 칼을 빼어 들고 오디세우스를 문 옆으로 밀어내기 위해 달려 나갔다. 그 순간 텔레마코스의 창이 단번에 그의 가슴을 꿰뚫었고 그는 그 자리에 고꾸라졌다. 그는 아버지의 곁으로 뛰어가 말했다.

"아버지, 제가 얼른 창과 방패를 갖다드릴게요. 투구도요."

"그래, 어서 가져오너라."

말이 떨어지자 텔레마코스는 무기와 투구가 있는 방으로 뛰어갔다. 그는 그곳에서 4벌의 방패와 8자루의 창, 4개의 청동 투구를 꺼내 들고 재빨리 아버지 곁으로 왔다. 텔레마코스는 곧 청동 투구를 쓰고 창을 들고 아버지 곁에 섰다. 두 충직한 종도 투구를 쓰고 오디세우스 좌우에 섰다. 그사이 오디세우스는 쉴 새 없이 화살을 날려 청혼자들을 무더기로 쓰러뜨렸다. 이윽고 화살이 다 떨어지자 그는 활을 내려놓고 방패를 어깨에 멘 후 투구를 썼다. 그런 후 2자루의 창을 집어 들었다.

무기도 없는 청혼자들은 완전히 독 안에 든 쥐 신세가 되었다. 그때 염소치기 멜란티오스가 그들에게 말했다.

"제가 무기와 투구가 있는 방을 알고 있습니다. 저 안쪽에 있어요. 제가 가서 가져오겠습니다."

말을 마친 후 그는 홀을 빠져나가 안쪽에 있는 방으로 올라

청혼자들을 모두 처치하는 오디세우스

갔다. 그는 그곳에서 방패와 창과 투구를 각각 12개씩 꺼내어 청혼자들에게 갖다주었다. 청혼자들이 투구를 쓰고 창을 휘두르는 것을 본 오디세우스는 눈살을 찌푸렸다. 귀찮은 일이 생겼기 때문이었다. 그가 텔레마코스에게 말했다.

"아들아, 분명 홀 안에서 누군가 저자들을 돕는 것 같구나. 시녀들 중 한 명이거나 아니면 멜란티오스의 짓 같아."

"아버지, 제 잘못이에요. 제가 방문을 제대로 잠그지 않았기 때문이에요. 에우마이오스! 도대체 누구의 짓인지 가서 보고 와요."

에우마이오스는 당장 그 방 쪽으로 갔다. 그리고 다시 무기들을 가지러 오는 멜란티오스의 모습을 숨어서 지켜보았다. 그가 돌아와 보고하자 오디세우스가 말했다.

"가증스러운 놈! 나와 내 아들이 청혼자들을 홀 안에서 꼼짝 못 하게 할 테니 너희 두 사람은 그놈에게 가라! 바로 죽이지는 말고 손발을 뒤로 묶어 서까래에 대롱대롱 매달아놓아라. 그런 자는 곧바로 죽여서는 안 돼! 오랫동안 고통을 겪게 한 후에 죽음의 선물을 내려주마!"

오디세우스의 지시대로 두 종은 무기가 있는 방으로 가서 몸을 숨겼다. 멜란티오스는 그들이 숨어 있다는 사실을 모르는 채 다시 무기를 가지러 왔다. 그가 문턱을 넘는 순간 두 사람은 달려들어 그를 붙잡았다. 그런 다음 오디세우스의 지시대로 그를 묶어 매단 뒤 다시 오디세우스의 곁으로 왔다.

멜란티오스가 갖다준 무기로 무장한 청혼자들은 어느 정도 기운을 차렸다. 그들은 오디세우스 일행 쪽을 향해 창을 던졌다. 하지만 그들이 던진 창은 문설주만 맞혔을 뿐 모두 빗나갔다. 아테나 여신이 그들의 창을 모두 빗나가게 만들었던 것이다. 이번에는 오디세우스를 비롯한 네 사람이 창을 던졌다. 그러자 청혼자들 중 4명이 단박에 꼬꾸라졌다. 청혼자들이 젖 먹던 힘을 다해 다시 창을 던졌다. 그러나 아무 소용 없었다. 이전과 마찬가지로 아테나 여신이 모두 빗나가게 했기 때문이었다. 다시 오디세우스 쪽에서 창을 날렸고 이번에도 어김없이 4명이 나자빠졌다.

오디세우스와 텔레마코스, 돼지치기와 소치기가 고함을 지르며 창을 들고 달려들자 청혼자들은 혼란의 도가니에 빠져버렸다. 네 사람은 마치 매가 먹이를 덮치듯 청혼자들에게 달려들었다. 그리고 닥치는 대로 칼과 창을 휘둘렀다. 청혼자들 중에는 오디세우스의 무릎을 잡고 살려달라고 애원하는 자도 있었지만 오디세우스는 가차 없이 칼을 휘둘렀다. 오디세우스의

청혼자들을 모두 처치하는 오디세우스

칼날을 피한 사람은 단지 2명뿐이었으니, 그중 한 명은 청혼자들의 강요 때문에 그들에게 불려와 노래를 한 음유시인이었고 다른 한 명은 전령 메돈이었다. 메돈은 텔레마코스를 없애려던 청혼자들의 음모를 페넬로페에게 알려준 병사였다.

청혼자들을 모두 죽인 후 오디세우스는 텔레마코스에게 말했다.

"텔레마코스야, 유모를 이리로 불러오너라. 그녀에게 할 말이 있다."

에우리클레이아는 텔레마코스의 말을 듣고 그의 뒤를 따라 홀로 들어섰다. 그녀는 시신들 사이에서 온통 피투성이가 되어서 있는 오디세우스를 발견했다. 그녀는 청혼자들이 모두 쓰러져 있는 것을 보고 기쁨의 환호성을 지르려 했다. 그녀의 얼굴에 환희의 빛이 떠오르는 것을 본 오디세우스가 말했다.

"유모, 기쁘더라도 아직은 마음속으로만 즐거워하고 겉으로 표내는 건 자제해요. 죽은 자들 앞에서 기뻐하는 티를 내는 건 옳지 않아요. 이자들은 신들을 공경하지 않고 그 어떤 사람도 친절하게 대하지 않아 죽음에 이른 것이오. 자, 유모. 이제 말해 봐요. 우리 궁의 여자들 중 나를 업신여기고 그자들과 한통속이 된 것들이 누구인지, 잘못이 없는 이는 누구인지 말해요."

"사랑하는 아기씨, 있는 그대로 말씀드릴게요. 궁에 있는 50명의 시녀들 대부분은 두 분에 대한 충성심을 버리지 않았지요. 단지 12명만은 청혼자들의 꼬임에 넘어가 저는 물론 왕비님에게조차 시건방지게 대했답니다. 다 말씀드렸으니 이제 왕비님께 가서 사실을 말씀드리겠습니다. 어떤 신께서 왕비님께 잠을 선물하셨거든요."

그러자 오디세우스가 말했다.

"아직 그녀의 잠을 깨우지 말아요. 대신에 가서 우리 모두에게 치욕을 안겨준 그 배신자들을 이리로 데려와요."

이어서 그는 돼지치기를 불러서 말했다.

"너희는 이 시신들을 밖으로 내가고 배신한 시녀들이 오면 홀을 깨끗이 치우라고 시켜라. 정돈이 다 되면 그 여자들을 밖으로 데리고 나가 이 세상과 영원히 이별하게 만들어라. 그래야만 청혼자들과 어울려 누렸던 행복을 깡그리 잊게 만들 수 있을 것이다. 그런 후 멜란티오스도 죽여버리도록 해."

돼지치기는 오디세우스가 시키는 대로 했다. 한순간 안락과 쾌락을 탐한 여자들은 비참한 죽음을 맞을 수밖에 없었다. 멜란티오스 역시 최후를 맞았다.

청혼자들을 모두 처치하는 오디세우스

페넬로페, 마침내 오디세우스를 알아보다

유모는 오디세우스가 돌아왔다는 소식을 페넬로페에게 전하려고 이층으로 뛰어 올라갔다. 그녀는 흥분한 목소리로 페넬로페에게 말했다.

"왕비님, 어서 일어나세요. 왕비님께서 그토록 바라시던 일이 이루어졌어요. 빨리 직접 두 눈으로 확인하세요. 오디세우스님께서 돌아오셨어요. 그리고 그 나쁜 청혼자들을 모두 없애버리셨어요."

사려 깊은 페넬로페가 그녀에게 대답했다.

"유모, 아마 신들께서 유모 눈에 헛것이 보이게 하셨나보군요. 무슨 그런 말도 안 되는 소리를 하려고 내 단잠을 깨운 거예요? 그이가 떠난 이후로 이렇게 깊이 잠든 적이 없었는데.

자, 어서 유모 방으로 돌아가 정신이나 차리도록 해요."

"왕비님, 제가 실성한 게 아니에요. 정말로 그분이 돌아오셨다니까요. 모두들 업신여기던 거지 손님이 바로 그분이에요. 텔레마코스 왕자님은 아버지가 돌아오신 걸 이미 알고 있었어요. 그분이 청혼자들을 모두 응징할 때까지 숨기고 있었던 거지요."

페넬로페는 그제야 유모의 말을 믿고 눈물을 흘리며 기뻐했다.

"세상에, 그이가 돌아오시다니! 이게 정녕 꿈은 아니죠? 그런데 그이가 병사들을 끌고 온 것도 아닌데 어떻게 그 많은 청혼자들을 처치할 수 있었어요? 어서 그 이야기를 해줘요."

그러자 유모는 자신이 그 광경을 직접 보지는 못했다고, 자신이 내려가보니 청혼자들이 모두 쓰러져 있는 가운데 오디세우스가 서 있는 걸 봤을 뿐이라고 대답했다.

"그렇다면 그 손님은 그이가 아니에요. 그이 혼자 그자들을 다 어떻게 물리칠 수 있었겠어요? 어떤 신께서 그들의 악행을 보시고 벌을 내리신 걸 거예요. 아, 그이는 죽은 게 틀림없어요. 그러니 신께서 나타나셔서 그들을 응징하신 거죠."

"왕비님, 그런 답답한 말씀 마세요. 화롯불을 피워놓고 왕비님을 기다리고 계신 주인님을 눈앞에 두고 그분이 돌아오시지 못할 거라고 하시다니! 제가 확실한 증거를 말씀드릴게요. 주인님께는 멧돼지에게 입은 흉터가 있다는 거 아시죠? 제가 그분 발을 씻겨드리면서 그 상처를 알아보았답니다. 그분께서 제 입단속을 하는 바람에 왕비님께도 말씀을 못 드린 거예요."

페넬로페가 대답했다.

"알았어요. 어쨌든 내려가서 직접 확인해보죠."

이윽고 페넬로페가 홀로 내려와 오디세우스의 건너편 의자에 앉았다. 오디세우스는 눈을 내리깔고 앉아 사랑스러운 아내가 자신에게 말을 건네기를 기다렸다. 그러나 그녀는 아무 말 없이 그를 바라보기만 했다. 너무 얼떨떨했기 때문이었다. 게다가 그는 여전히 더러운 옷을 입고 있어서 알아볼 수가 없었다. 그러자 텔레마코스가 어머니에게 나무라듯 말했다.

"어머니, 왜 그러고 계세요? 어째서 아버지께 아무 말씀도 없이 앉아 계신 겁니까? 아버지는 온갖 고생을 겪으시고 20년 만에 집에 돌아오신 거예요. 그런 분을 이런 식으로 대하는 아내는 정말이지 이 세상 어디에도 없을 겁니다."

그러자 페넬로페가 대답했다.

"아들아! 네가 나에게 뭐라 해도 어쩔 수가 없구나. 나는 너무 얼떨떨해서 무슨 말을 해야 할지 모르겠어. 만일 이분이 진짜 내 남편 오디세우스라면, 정말로 그분이 집으로 돌아오신 거라면 우리 두 사람이 이야기할 수 있게 해주렴. 우리 둘만이 알 수 있는 비밀이 있으니 말이다.”

그러자 오디세우스가 말했다.

“그래, 텔레마코스야. 어머니가 직접 나를 시험해볼 수 있게 해드려라. 내가 이렇게 허름한 옷을 입고 있으니 믿지 않는 것도 당연하지. 너는 홀로 곰곰이 궁리해볼 일이 하나 있다. 우리가 이렇게 많은 이타카의 청혼자들을 죽였으니 그 뒷수습을 어찌해야 할지 생각해보도록 해라. 나는 목욕을 한 후 옷을 갈아입고 네 어머니를 다시 보러 와야겠다.”

텔레마코스는 아버지의 말대로 그곳을 떠났고, 오디세우스는 목욕을 하고 깨끗한 새 옷으로 갈아입은 후 다시 페넬로페와 마주 앉았다. 그래도 페넬로페가 아무 말 없자 그가 말했다.

“당신은 참으로 무정한 사람이야! 텔레마코스 말대로 20년 만에 고향에 돌아온 남편을 이렇게 무심하게 대하는 아내는 이 세상 어디에도 없을 거요.”

그러고는 유모를 향해 말했다.

“자, 유모, 페넬로페가 아직 나를 믿지 못하니 나 혼자 자야겠소. 내 잠자리를 마련해주오.”

그러자 페넬로페가 말했다. 그녀는 아직 오디세우스를 시험해보고 싶었던 것이다.

"잠깐만요! 나는 그렇게 무정한 사람이 아니랍니다. 자, 유모, 이분께 침대를 마련해드려요. 우리 그이가 손수 만든 그 침대를 방 밖으로 내와요. 그리고 거기에 침구를 깔아드려요."

그 말을 들은 오디세우스가 황당하다는 듯이 소리쳤다.

"아니, 그 침대를 무슨 수로 옮긴단 말이오? 땅에 뿌리를 내리고 있는 올리브나무를 기둥으로 삼아서 만든 건데!"

그러면서 침대의 특징을 낱낱이 말했다. 그러자 그녀는 단숨에 그에게 달려가 두 팔로 목을 끌어안고 머리에 입을 맞추며 말했다.

"아, 오디세우스! 너무 화내지 마세요. 우리에게 이토록 크나큰 고난을 안기신 건 바로 신들 아닌가요? 그래서 저는 언제나 신들을 향한 두려움을 갖고 있었답니다. 당신이 이렇게 눈앞에 나타났어도 저는 또 신께서 우리를 시험하시는 건 아닌지 두려울 수밖에 없었어요. 우리의 침대보다 더 확실한 증거가 어디 있겠어요? 이제는 정말 믿을 수밖에 없어요."

오디세우스는 그녀의 말을 듣고 그녀의 고통이 얼마나 컸던가를 다시 한 번 느끼고는 눈물을 흘리며 아내를 끌어안았다.

둘은 아주 오랫동안 마치 한 몸이라도 된 듯이 부둥켜안고 떨어질 줄을 몰랐다. 그들은 곧 잠자리로 가 밤새도록 이야기를 나누고 사랑을 나누었다.

청혼자들을 죽이고 자신의 궁전을 되찾은 오디세우스는 저승에서 만난 테이레시아스의 영혼이 말한 대로 실행했다. 그는 바다와 반대쪽 길을 향해 노를 하나 들고 떠났다. 가는 길에 그는 테이레시아스의 말처럼 낯선 나그네를 만났다. 그 나그네는 오디세우스가 들고 있는 노를 보더니 말했다.

"곡식 터는 도리깨를 가지고 있군요."

그러자 오디세우스는 그 노를 땅에 박은 후 포세이돈 신에게 양과 돼지와 소를 제물로 바친 후 집으로 돌아가 모든 신들에게 제물을 바치는 의식을 거행했다.

그러나 그것으로 모든 것이 해결되지는 않았다. 오디세우스에게 죽은 청혼자들의 친척들이 모여서 그에게 복수할 계획을 세운 것이다. 그들은 군대를 이끌고 오디세우스의 궁으로 쳐들어왔다.

하지만 오디세우스의 고난에 찬 여행도, 그의 복수도 모두 신의 뜻에 의한 것! 오디세우스의 군대와 청혼자 친척들의 군대가 맞붙어 싸움을 벌이려는 순간, 그들 한가운데 아테나 여신이 나타났다. 그리고 양편 모두를 향해 싸움을 중지하라고 명령했다. 신의 뜻을 거역할 인간은 없었다! 양쪽은 아테나 여신의 뜻대로 무기를 내려놓고 조약을 맺었다. 그때 아테나 여신은 멘토르와 똑같은 모습과 목소리를 하고 있었다.

『오디세이아』를 찾아서

　『일리아스』를 입에 올리면 저절로 『오디세이아』가 머리에 떠오르고 『오디세이아』를 생각하면 『일리아스』가 저절로 따라 나온다. 그만큼 두 작품은 떼려야 뗄 수 없는 짝을 이루고 있다. 둘 다 이른바 '고전 중의 고전'이기 때문이라는 뻔한 이유로는 설득력이 떨어진다. 이런 이야기가 있다. "모든 서양 문화는 『일리아스』와 『오디세이아』로 통한다." 이것이 핵심이다. 이 말대로 우리는 서양 문화의 뿌리를 이해하기 위해 반드시 이 두 작품을 읽고 넘어가야만 한다.

　『일리아스』와 『오디세이아』는 얼핏 아주 비슷해 보인다. 두 작품의 배경은 똑같이 트로이 전쟁이다. 나오는 등장인물들과 신들도 비슷하다. 게다가 『오디세이아』의 주인공 오디세우스는 트로이 전쟁에 참가했던 장군 가운데 한 명이다. 그래서 우리는『오디세이아』를『일리아스』에 이어지는 이야기로 읽을 수 있다. 이것은 실제로 그렇다.『오디세이아』는 트로이 전쟁을 주제로 한 총 8편의 서사시 중 일곱 번째 서사시다. 다섯 번째 서사시에서 트로이가 함락되는 이야기가 나오고, 이어서 여섯 번째 서사시에서 오디세우스를 제외한 다른 모든 장군들이 귀향하는 이야기가 나온다. 그리고 일곱 번째 이야기가 바로『오디세이아』다.

그런데 작가도 같고 배경도 같은 두 작품의 성격은 사뭇 다르다.

『일리아스』는 영웅들의 투쟁을 그리고 있다. 그중에서도 특히 아킬레우스의 분노를 중심으로 한 50일 간의 사건이 중심이다.『일리아스』의 주인공들은 오직 용기와 명예만을 추구한다. 그들은 용기와 명예를 지키기 위해서라면 죽음마저 순순히 받아들인다. 그리고 '죽음은 신의 뜻'이라고 거침없이 말한다. 멋있다.

하지만『오디세이아』의 오디세우스는 다르다. 그는 온갖 어려움 속에서 지혜와 끈기로 살아남기 위해 노력한다. 오디세우스도『일리아스』의 영웅들처럼 신의 도움을 받는다. 그리고 신의 뜻을 따르려고 한다. 또한『오디세이아』에 나오는 신이나 예언자도 오디세우스에게 미리 정해진 운명을 말해준다. 많은 고난을 겪고 결국 고향으로 돌아가게 될 것이라고. 하지만 저절로 그렇게 되지는 않는다. 언제나 '만일 네가 이렇게 한다면'이라는 조건이 붙는다. 어떤 행동을 하느냐에 따라 돌아갈 수도 있고 돌아가지 못할 수도 있다는 말이다. 고향으로 돌아갈 수 있는 운명을 타고났지만 그 운명을 자신의 것으로 만드는 것은, 오로지 신의 뜻에 달려 있는 것이 아니라, 오디세우스의 선택과 행동에 달려 있다! 그래서 오디세우스는 살아남기 위해 온갖 짓을 다한다. 그런 점에서 볼 때 죽음마저 순순히 받아들이는『일리아스』의 아킬레우스, 헥토르가 멋지다면 오디세우스는 좀 치사하다.

하지만 오디세우스는 좀 치사한 반면 훨씬 인간적이다. 그래서 그 성격도 아주 복잡하다. 사실『일리아스』에서부터 오디세우스는 좀 특이한 인물로 나온다.『일리아스』의 주인공들은 대개 이상적인 영웅이라는 한 가지 모습만 지니고 있다. 그런데 오디세우스는 영웅적인 전사이면서 동시에 말을 잘하는 외교관이기도 하고 뛰어난 웅변가이기도 하다.『오디세이아』에서는 오디세우스의 그런 여러 모습이 한결 뚜렷하게 나타난다. 그는 살아남기 위해 거짓말도 하고 사기도 치며, 함께 행복하게 살자는 여신 칼립소의 유혹을 뿌리치기도 한다. 사랑하는 아내와 아들이 기다리는 고향으로 돌아가겠다는 일념 때문이다. 하지만 그는 호기심 때문에 스스로 위험에 빠지기도 한다. 무슨 짓을 해서든 사랑하는 가족이 기다리는 고향으로 돌아가려 애쓰는 오디세우스는 명예를 위해 죽음도 마다하지 않는 영웅이 아니다. 호기심 때문에 실수를 저지르기도 하는 그는 신의 뜻을 그대로 따르는 영웅이 아니다. 그런 그가 고향 이타카로 돌아가서 복수를 할 때는 용맹하기 그지없는 영웅이 된다. 정말 여러 가지 성격을 지니고 있는 주인공이다.

오디세우스의 바로 이런 복잡한 성격 때문에 『오디세이아』는 서양의 철학사, 문학사에서 끊임없이 학자들과 작가들에게 영감을 불어넣는다. 그렇기에 서양 문화 전체는 바로 『일리아스』와 더불어 『오디세이아』에서 시작된다는 평가를 이끌어낸다. 심지어 프랑스의 레이몽 크노 같은 소설가는 "모든 위대한 문학 작품은 『일리아스』거나 『오디세이아』다"라고 말하기까지 했다.

『오디세이아』는 트로이 전쟁이 끝난 후 고향으로 돌아가는 오디세우스의 이야기다. 『일리아스』가 '트로이의 이야기'라는 뜻을 갖고 있듯이 『오디세이아』는 '오디세우스의 노래'라는 뜻이다. 오디세우스는 라틴어로는 '율릭세스(Ulixes)' 또는 '율리세스(Ulysses)'이며, 영어로 번역할 때 흔히 '율리시스'라고 했기에 우리에게도 율리시스라는 이름으로 많이 알려져 있다.

트로이 전쟁에서 승리한 뒤 다른 장군들은 모두 무사히 그리스로 돌아가지만 오디세우스만 10년 가까이 고향에 돌아가지 못하고 갖은 고생을 하며 여기저기 떠돈다. 죽음의 위험에 처하기도 하고 귀향을 포기하라는 유혹을 받기도 한다. 한편 그의 고향 이타카에서는 아내 페넬로페와 아들 텔레마코스가 염치없고 오만한 청혼자들의 협박 속에서도 그가 살아 있으리라는 희망을 버리지 않은 채 힘겹게 버티고 있다. 오디세우스가 트로이로 떠난 지 20년 가까운 세월이 흘렀다! 그는 과연 살았을까, 죽었을까? 『오디세이아』는 오디세우스가 과연 살아 있는지 죽고 말았는지 간절히 그의 소식을 듣기 원하는 아내 페넬로페와 아들 텔레마코스의 이야기로부터 시작된다.

우리가 이 세상을 살아가는 것은 온갖 어려움을 이겨내면서 여행을 하는 것과 같다. 살면서 어려움을 겪을 때마다 우리는

'왜 내게만 이런 어려움이 닥치는 걸까?' 하고 한탄할 수 있다. 하지만 어려움은 누구나 겪기 마련이다. 그것이 우리의 삶이다. 중요한 것은 우리가 어려움을 겪는가 안 겪는가, 또는 얼마나 겪는가에 달려 있지 않다. 겪을 수밖에 없는 어려움을 어떻게 극복하느냐, 이것이 가장 중요하다. 『오디세이아』를 재미있게 읽은 사람이라면, 아마 어려움을 한탄하거나 거기에 굴복하는 사람이 아니라, 자신도 모르는 새 지혜와 용기로 어려움을 인내하고 극복하는 사람이 되어 있을 것이다.

한 가지만 참고로 덧붙인다. 오디세우스의 아들 텔레마코스가 열일곱 살이 되었을 때 아테나 여신이 그에게 나타나서 이런저런 조언을 해준다. 텔레마코스가 못된 청혼자들에게 당당히 맞서겠다는 결심을 하는 것도, 아버지의 소식을 들으러 항해의 길을 떠나는 것도 아테나의 조언 덕분이다. 아테나 여신을 만난 후 텔레마코스는 자신의 앞날이 환히 밝아지는 것을 느낀다. 어찌할 바를 모르는 젊은이에게 삶의 방향을 가리켜주고 이끌어준 것이다.

그런데 아테나 여신은 오디세우스의 오랜 친구 멘토르의 모습을 하고 텔레마코스 앞에 나타난다. 또한 작품 맨 끝에서 아테나 여신은 또다시 멘토르의 모습으로 나타나 오디세우스와 청혼자들 집안의 싸움을 화해시킨다. 바로 이 이야기에서 오늘날의 '멘토'라는 단어가 유래했다. 삶에서 훌륭한 멘토를 만나는 일은 대단히 중요하다. 하지만 훌륭한 스승은 저절로 곁에 다가오지 않는다. 스승은 간절히 소원하고 기다리는 사람에게만 찾아온다. 우리도 훌륭한 스승을 만나기를 마음속으로 절실히 원해보자. 그 순간 스승 멘토르는 우리 곁에, 우리 마음속에 모습을 드러내 보일 것이다.

오디세이아

생각하는 힘: 진형준 교수의 세계문학컬렉션 2

펴낸날	초판 1쇄 2017년 9월 1일
	초판 4쇄 2022년 12월 30일

지은이	호메로스
옮긴이	진형준
펴낸이	심만수
펴낸곳	(주)살림출판사
출판등록	1989년 11월 1일 제9-210호

주소	경기도 파주시 광인사길 30
전화	031-946-1350 팩스 031-624-1356
홈페이지	http://www.sallimbooks.com
이메일	book@sallimbooks.com

ISBN	978-89-522-3724-8 04800
	978-89-522-3984-6 04800 (세트)